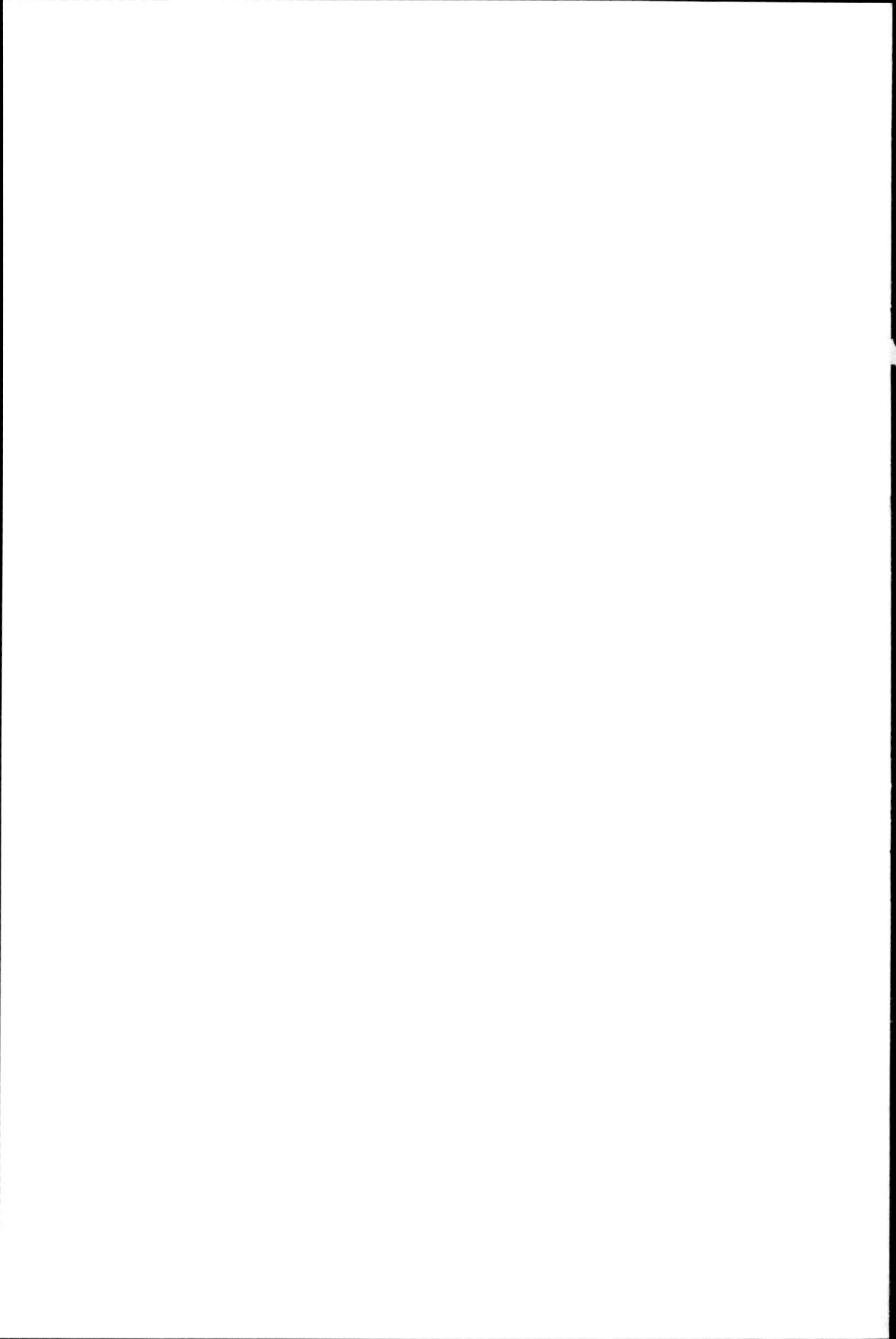

无处
停歇

All Grown Up

Jami Attenberg

[美] 杰米·阿滕贝格 —— 著

祖颖 —— 译

湖南文艺出版社
HUNAN LITERATURE AND ART PUBLISHING HOUSE

博集天卷
CS·BOOKY

Contents

/目录/

第一部分

梦想近在咫尺

对大多数人来说，搬到纽约意味着梦想近在咫
尺，但对你，这只是铩羽而归。

公寓

你正就读于一所艺术学校，可你讨厌这里，于是你辍学了，来到了纽约。对大多数人来说，搬到纽约意味着梦想近在咫尺，但对你，这只是铩羽而归。你在这里长大，现在的回归，不过意味着在外面的世界里徒劳无功之后，又回到了曾经出发的地方。

你暂时跟你的哥哥和他的女朋友住在市中心，挤在一个很小的房间里，你的床夹在鞋架和你哥哥那些吉他中间，放吉他的盒子里还有一堆他女朋友在布朗大学读书时留下来的书。通过他女朋友的帮助，你得到了一份工作，你并不讨厌这份工作，也不是很喜欢。但你却不能对一整天的辛劳工作嗤之以鼻，因为你并不比别人强，况且，在某些方面，你还远远不如别人，你很清楚自己是靠特权进来的，然后开始工作。

你开始赚钱，并在布鲁克林的一个环境较差的临水街区找到了一个空间狭小且尘土飞扬的破旧阁楼，它有一个很大的落地窗，从那儿可以隐约看到远处的帝国大厦，大厦就好像一幅镶嵌其中的美丽挂画。现在你回家了，关心你的每一个人都松了一口气，"她现在安全了"，他们想。再也不会有人问你："所以，你已经不搞艺术了吗？"这是因为，他们不想知道答案，或者说他们不在意，甚至他们可能不敢问你，因为他们怕你。

但你有一个小秘密：虽然你不再搞艺术了，但至少每天都还会画画。如果让别人知道了这个秘密，就等于承认你的生活中还有一个缺口，你不愿大张旗鼓地说出来，除了在接受治疗的时候。但是没办法，你每天都在一遍一遍地描摹着同一个东西：那该死的帝国大厦。你每天早上起床（或是周末的下午，或是每一次宿醉醒来），都会喝一杯咖啡，坐在靠窗的牌桌前，画它，通常是用铅笔，有时间的话，你也会用油彩给它上色。有的时候，如果你上班快迟到了，就会留到晚上画，接着在草图上加一些颜色，以表现千变万化的城市灯光。你有时只画帝国大厦，有时也会画它周边的建筑；有时，你会画天空，有时，会画最显眼的那座大桥；有时，你会画东河，有时，会把窗框里呈现的整个画面都描绘出来。

你把所有这些画都装在素描册里，你发现，你可以永远只画同一个东西。"没有人能两次踏进同一条河流，因为它已经不再是之前那条河流，而他也不再是之前的那个人。"这是你曾经看到过的一句话。帝国大厦就是你的河流，一条你不必离开公寓就能踏进去的河流。艺术好像又重新给了你安全感，你可能会在某个阳光明媚的周六，把你的画卖给中央公园外面散步的游客，这就是它最终的归宿。这并没有什么难度，也不必留下只言片语，仅仅是眼前的风景，在你的笔下一遍一遍地重现。但这是你能做的一切，也是你所能给予的一切，它足以让你感到特别。

你一直这么坚持了六年。在布鲁克林（Brooklyn）公寓的邻居们换了一拨又一拨，租金明明很便宜，为什么还是有人要搬走呢？平庸但薪水丰厚的工作是你所擅长的，其间，你也获得过几次小小的晋升。志愿服务工作随处可见，你遵从你那激进的母亲的意愿，向着她提供的方向进发。速写本毫无生气地堆在书架底排，落满了灰尘，你也鲜少再心血来潮地拿起画笔，落笔成画了。你也会喝很多酒，长期食用可卡因和摇头丸，尽管这些禁药有时候的确可以让你在临近天亮时慢慢平静下来。你还会用另一种方式平复心中的躁动——男人。你的床上，你的世界里，东倒西歪地躺着很多男人，但你对他们并没有什么兴趣，只是想把脑袋里那个声音赶走："你的人生一无所成，你是一个孩子，成年人世界里的那些乱七八糟的东西都是扯淡，并不能够代表任何东西。"你被困在一处与另一处的夹缝中，除非有些东西逼着你做出改变，否则你将永远停在那里。而且，你真的很想重回艺术的殿堂。

其他你认识的人，好像很容易就做出改变了，对于他们而言，走上事业巅峰、买房、搬到另一座城市、恋爱、结婚、离婚、领养流浪猫，最终有了自己的孩子，再把这一切都精心记录在互联网上，等等，这些都没有任何问题。真的，他们看起来毫不费力，他们的生活就像修筑高楼一样，每一个珍贵的瞬间都顺理成章地堆放在你的眼前。

你最喜欢的事情莫过于和朋友一起喝酒。当你来到酒吧的时候，你的朋友正盯着菜单，什么也没点，你只好说："你不喝吗？"她回答："我倒是想喝。"接着她狗血地顿了顿，你就知道下面要发生什么了：她要告诉你她怀孕了。这里的潜台词是，你好幸运，还可以喝酒，而她却只能看不能喝，这简直太不幸了，因为她肚子里怀了个孩子，干吗要怀这个愚蠢的孩子啊！

最终你哥哥和你的嫂子也有了孩子，你却不能对此感到愤恨，因为那是你的家人，他们也一直非常疼爱你。你们的父亲因为毒品吸食过量早早地离开了人世，所以你和哥哥的关系非常好，甚至有些过于亲密。你举办了一个迎婴派对，在派对上喝了太多橙汁香槟，然后在卫生间里放声大哭，但你坚信，没有人会注意到你的狼狈。你之所以会这样，并不是因为想要一个孩子，或是想要结婚，或是任何其他的求而不得，那些都不是你关心的，你只是出于某些原因觉得疲惫，对这个世界感到疲惫，厌倦了去尝试适应那些本就不适合你的东西。那天晚上，你回到家，又拿起了久违的画笔，描摹熟悉的帝国大厦，做这件你喜欢的事情，让你重新燃起了希望。于是你上网查询今晚的夜景具有怎样的意义——蓝绿相间的灯光——发现，它原来是为了纪念国家饮食失调日，尽管你从没有过饮食失调，但还是难以抑制地再次回到落寞里。

九个月很快就过去了，宝宝随时都有可能降生，你打电话给你的哥哥，问他具体的预产期，他们已经找好了一个不靠谱的嬉皮派助产士，他还说："我们也还不知道呢，可能还有一周吧！"你突然激动得天旋地转，她会是个女宝宝，"不管何时何地，但凡你们得到任何消息，都第一时间给我打电话！"你告诉他。紧接着，你又连着出席了三场特别无聊、气氛沉闷的午后会议，之后你就搬到了新的办公区，从此以后必须要跟一个比你年轻十三岁的。新来的同事共事，她比你活泼幽默，比你声音动听，比你漂亮，她挣的钱可能只有你的一半，但还是全都花在了紧身衣裙上。

那是一个周五，你去你家附近的酒吧喝酒，你喝多了，然后打电话给你曾经的"供应商"，你们已经有好几年没有联系了。你没想到他的号码居然还在用，他说："我们好久没见了吧？"你说："我一直都很忙。"就好像急于解释为什么后来你没再嗑药了一样。你打算买一点就够了，但是后来你在酒吧里遇到了一个男人——尽管你们素未谋面，却都默契地选择了一见如故。只是出于某种原因，这样会让你觉得更有安全感，他也觉得你们两个共度良宵真的是再好不过了。于是你们一起去你那儿，去那个可以俯瞰整个曼哈顿的落地窗前，存放速写手稿的那里，然后你们两个继续把所有的药嗑完。就这样度过了好几小时，中间你们尝试了发生关系，但对彼此都不感兴趣。你甚至不能起身穿衣服。最后他离开了，你把手机关了机，蒙头大睡。周六晚上，你醒了过来，将手机开机，有八条来自哥哥和妈妈的短信。你错过了侄女的出生。

从那以后，你再也没有碰过任何药物，也没有进行康复治疗。你开始用新的眼光看世界，但这个世界看上去好像依旧没有什么不同，工作、租住的公寓、朋友、家人、风景，一切照旧。几周后，他们似乎有意在工作中给你一个巨大的晋升机会，但你也意识到你将需要承担更大的责任，因此你有些摇摆不定——这次晋升意味着很长一段时间，你都得待在那个地方了。你骗自己说：我应该保留我的选择权，你永远也不知道接下来会发生什么？

你坚持画画，那是你一天中最美好的时光，是你最纯净的时刻，这时的你会忘记了呼吸，会感觉自己好像正轻飘飘地徘徊在地面以上。新年的第一天，那将是一个全新的开始，你饶有兴致地翻阅着过去的速写绘本，发现自己的画已经越来越好了，你并非没有才华。那是一件能够让你充实的事情，你捧着它若有所思地静坐着，你决定放过自己，享受快乐，这样是不是就足够了呢？

一周后的某天，你离开公寓时，突然注意到街对面的那个地段有很多栅栏，那儿有一个施工许可标示牌，一栋十层的公寓楼，一个月前开始施工的。你住在第五层。毫无疑问，这栋大楼会遮住你的视野。有一瞬间，你甚至怀疑这是否是一个恶作剧，你下意识地转身向后，看是否有人用摄像机跟拍你，等你做出反应，但是没有。你的生活即将改变，最后，还是有些东西让你倍感意外。

那栋建筑的建设需要耗时一年，你每天看着他们施工，砖头一块接一块地向上垒，你也无法准确判断它何时才能竣工，何时你会失去那片熟悉的风景，但你决定最后再办一次派对，来纪念这最终的时刻。你请来了每一位你认识的人，甚至连小孩都来了，你的朋友们向帝国大厦举杯，也向你举杯。"这儿视野真的很好！"其中一个共事多年的工作伙伴说，她的未婚夫紧接着道："这可不是一个能值一百万美元的视角。"你半开玩笑地说："但它值每个月五千美元。""那你还真是捡了大便宜了！"她的未婚夫接过你的玩笑，说道，"你不能搬，就算没了这开阔的视野，你也永远不能离开这所公寓。"他边说边耸了耸肩膀。

对面大楼竣工的那天，你也终于失去了落地窗前的风景，你买了一瓶酒，点了一份比萨，然后坐在桌子前。你望向窗外，那里什么也没有，只有一堵砖头墙，让你拥有独特自我的东西最终还是消失了，你永远也不会再拥有那片风景了，一如那消逝的时光。能让那片风景重现的只剩下这些画册，但即便是它们，也没什么实质的意义。你想要烧了它们，可那样做又有什么好处呢？那是唯一能够证明你还活在这个世界上的东西。你这才意识到，一直以来你那么努力地想要向自己证明你还活着，但如果不再拥有这些，难道自己就死了吗？当然不是，拜托！绝对不是！你咬了一口比萨，抿了一口酒，问自己那个早就该扪心自问的问题：接下来会发生什么？

安德烈娅（Andrea）

市面上新出版了一本书，是一本讲述单身时光的书，由一位非常迷人的已婚女士执笔，追忆的是她单身时代的流金岁月，那些永远无法忘怀的时光印记。我对阅读这本书不感兴趣，我还是单身，并且已经单身很久了，这书并不能给我更多关于单身生活的启发，因为我早已沉沦其中，深有体会。

我认识的每一个人都在跟我谈论这本书，他们就像信鸽一样，盘旋在曼哈顿市中心的屋顶上，散播着各种信息，不遗余力地聚众招标一个居心不良的媒体大师。没有什么能够阻碍他们达到目的，我不过是他们选中的一个假想目标罢了。

我的同事尼娜（Nina）读完那本书之后就迫不及待地把它拿给

我，激动得手腕上的镯子叮当作响。她是单身队伍中的新人，今年才二十四岁，如果是一个单身多年的女人（自然也不止二十四岁）会很明白个中滋味，必定不会想要把这本书交给另一个单身女人。

我妈妈在网上给我订购了一本，某天它莫名其妙地就出现在了我的面前，最让我茫然的是：邮箱空空如也，书上也没有附任何字条或一个名字。我花了一周的时间才弄清楚是谁给我寄的书。我一直在想：难道是一个幽灵给我寄了这本书，并且这个幽灵还想让我考虑继续单身下去吗？

最后，我妈妈向我坦白，是她给我寄的那本书（她当然不会认为这叫坦白，只有我一个人这么觉得）。"你拿到那本书了吗？"她问我。"噢！那本书原来是你寄给我的！"我说，"妈妈，你为什么要寄那样的一本书给我呀？""我心想着或许能帮你想通些什么呢。"她说。

我的嫂子，她住在新汉普郡一个偏僻的地区，全部精力都放在照顾她那濒死的孩子上，整天在生与死的边缘殚精竭虑。我每周都会打电话去问候她，于是某一次她就提到了这本书，"你听说过这本书吗？"她问。"嗯。"我说。

大学时代的老同学特意在我的脸书（Facebook）留言板上粘贴了关于这本书的评论链接，还说了类似"听起来像是你会喜欢的书籍"或是"它让我就想到你了"这样的话。我就在想，我应该要喜欢这样的东西吗？实际上，我并不喜欢它，我反感它，但是我可以表达厌恶的按钮在哪里？我要点击哪里才可以尖叫出来？

我去找了我的咨询师，抱怨道："为什么人们能想到我的，就只有我是单身呢？我明明还有很多其他的标签啊。"

她居然还觉得好笑，笑容中不免有几分狡黠和轻讽，这个满脸皱纹、聪明又狡猾的老女人！不过，这倒让我觉得像是一个突破，最起码是一次宝贵的锻炼机会，一次受教的机会，类似这种。这让我们的谈话进度也有了质的飞跃，最终总结出了关于我生活的一个论点。"那么，告诉我你是谁，"她问，"其他还有哪些陈述是正确的？"

"嗯，我是一个女人。"我说。

"对，很好！"

"我在一家广告公司做设计工作。"

"没错。"

"准确来说，我是犹太裔。"

"嗯。"

"我是一个纽约人。"

我开始感到不安，我的身份当然不止这些。"我是一个朋友，"我说，"我是一个女儿，是一个妹妹，是一个姑姑。"最近，这些东西好像离我越来越远了，但它们却是作为我身份的一部分而存在的。

我的思绪在脑海里盘旋，默想：

我很孤独。

我是一个酒鬼。

我以前是一个画画的。

我在床上是一个荡妇。

我的肉体早已沉沦，而这一切都是我一手主导的。

我对咨询师说："我是一个黑头发的白人女人。"

我跟一个在网上认识的男人约会，结果并不是很好，虽然我的确对酒有种特殊的嗜好，但我决不会在约会的时候把自己灌醉。不过也撑不了多久，因为我还是要跟一个酒鬼周旋，还是要跟眼前的这个男人耗时间，判断他是怀有戒心还是已然开怀。我必须设法让自己置身事外，这算不上约会，不过是一场糟糕的约会排演。

我到的时候，他已经喝下两杯波旁威士忌了，我一直耐住性子，但当我感觉到他越发放肆地对我动手动脚时，终于还是忍不住发了脾气。他太过随便，太过放肆，还穿着一件高领毛衣，他那脑袋真的不适合穿高领毛衣，可能他的下巴不合适，也可能是嘴巴，我也搞不清楚，我的意思是，我就是不能多看那高领毛衣一眼。后来，当我们分别的时候，他问我有没有看过那本书，我说："没有啊，你呢？"他回答说："我也没看过，我不爱读书。"我当时的感觉是，简直莫名其妙。然后，他接着说："不过我敢说那本书就是为你量身定做的。"我接过话茬："你也是单身，为什么不说是为你自己打造的呢？"他漫不经心地回答说："哦，你说这个啊？单身对我来说只是暂时的。"

对我来说，这样的暂时却是永恒的，我早已与孤独化为一体，茕茕孑立，甘之如饴。在地铁站的入口处，我站在他的面前，除了自己，一无所有，"我自己就是我的一切"，我想这样告诉他。但对他而言，这也不算什么，因为此刻他对自己的感觉也是同样的，他很孤单，所以他没什么了不起的。我该如何跟他解释，对他来说理所当然的事情，对我而言却不尽然呢？毕竟，他生活的大背景并非我的人生底色。你要怎样摆脱这辆被迫驾驶，但却装载了你整个人生的时光巴士？这并不是你的错，只是除此之外，再也没有其他可以选择的交通工具了。

"你应该好好读一读的。"他说。我用钱包重重地拍打了一下他的手臂，就好像受到侵犯做出的自然反应，希望他离我远一点。约会排演到此结束，我退场谢幕了，他在我的身后大喊，那也是我听到他说的最后一句台词："嘿！你那是做什么呀？"至于他有没有骂我是"婊子"，我现在也想不起来了。

自始至终，我也没有翻开过那本书，随手把它放在了公寓的洗衣房里，等我下次再去那里时，它就消失不见了。关于那本书，我妈妈也没有再提起过。她的态度向来让我捉摸不定，不过单身这件事，总算是暂时被遗忘了。

让我们先放下它，好吗？我们能不能谈谈别的事呢？

英迪格（Indigo）结婚了

我独自飞往了西雅图，去参加我朋友英迪格的婚礼，她是我刚开始从事广告行业时的一个工作伙伴。那几年里，我们几乎每周四晚上都会在市中心一起喝酒狂欢，度过快乐而美妙的短暂时光。我们甚至还一起度假，虽然只是周末出去，但依旧很开心。她妈妈是特立尼达人，她爸爸是个白人，每次我跟她一块儿出去，不管到哪儿，总会有男人对她说，她很有"异域风情"，她也总是冷冰冰地回应人家："我又不是一只鸟，也不是一朵花，我是一个人。"最终，她辞掉工作，成为一名瑜伽教练。但她现在嫁给了一个有钱人，所以也就偶尔出来做做兼职。他们把婚礼策划成了一个嬉皮士派对，或者至少是一个形式上很嬉皮的婚礼，他们俩都光着脚，整个会场布满了各种野花。她的礼服看上去"破破烂烂"的，极具个性。婚礼在一个私家花园里举行，虽然只是一个住宅的后院，但却拥有俯视整个普吉特海湾的开阔视野。

我坐在为单身人士专设的那一桌，在一簇闪亮的彩灯照映的葡萄藤下。还有四个单身女士跟我同坐一桌：其中两个是女同性恋，她们是彼此最好的朋友，两个人似乎要把大学时代每一位同学的八卦都翻出来闲话一遍；另外一个是退休的修女，整个晚宴上她都保持着绝对的神秘感；第四个女人是凯伦（Karen），一个真正的职业女性。我这么说可不是想要取笑她，只不过，因为她就是这么描述自己的，这也意味着这个标签更加真实可信。另外桌上有两个男同性恋，他们曾经约会过，今晚的时间正好被他们用来解决一些私人问题。此外，还有两个直男：一个是新郎的叔叔，刚刚离了婚，叫沃伦（Warren）；另一个高大强壮、男人味十足的男人，名叫库尔特（Kurt），他在西雅图海员公司总部工作。

我看着凯伦一杯接一杯地喝着桑塞尔白葡萄酒，库尔特也跟她一起喝了起来，但他喝的是威士忌。他们调情的尺度越来越大，越来越旁若无人，几乎是专业的夜场调情，好像我们不是在婚礼宴会上，而是在酒吧里。他们面前有一篮爆米花和一台电视机，一档体育节目正无声地播放着，还有一个自动点唱机，每隔十五分钟就会换一首轻快的、自动调谐的流行音乐。沃伦和我静坐着袖手旁观，看着他们调情，我们也在进行某种形式的调情，就好像我们和他们在玩四人约会，只不过，我们厌恶他们。

"泡到一个大美人了，"我对沃伦说，"这也是你现在所期待的吧。"

沃伦冲我笑了笑，他五十出头，有种平和稳重的风度，他的头发很浓密，两鬓微霜，他和他那个娶了我朋友英迪格的侄子一样富有。他告诉我，他刚加入了一个徒步旅行的俱乐部。"我以前都是跟我妻子一起去的，现在就只能自己一个人了，不过有时候我还是会觉得很想跟别人一起做这件事情。"他说。他的手臂精瘦黝黑，他还告诉我，他六个月前养了一只狗，他们每天早上都会去公园遛弯儿，他每天回家的时候，他的狗都在等着他，陪他度过了那段艰难的岁月。"我很高兴你能有那样的一只狗。"我说。

我们享用了那天早上刚打上来的新鲜牡蛎，在端上来之前，牡蛎的贝壳已经被剥开了，贝壳内的牡蛎软体约一英尺厚。我们喝的是香槟，来自法国的真正上好的开胃酒，大家一次次举杯，一杯接一杯地畅饮。库尔特松开了他的领带，伸出手臂环抱着凯伦，他亲吻着她的面颊，他们彼此耳鬓厮磨，说着悄悄话，好像在计划着什么。远处的夕阳缓缓沉入了连绵的奥林匹克山，落日的余晖依旧明亮，让我们感到一阵眩晕。"我从来没看过这么美的日落。"我说，我已经很久没有离开过纽约了。"我每天都能看到这样的美景，但却也是百看不厌。"沃伦接着说道。

库尔特和凯伦宣布，那晚接下来的时间里他们决定假扮成一对情侣。如果他们假装早就互相认识，并且已经恋爱六个月了，还一起现身出席这么大一个浪漫的婚礼派对，那难道不是很滑稽吗？"我们是在保龄球比赛时认识的。"库尔特说。"不，是皮划艇比赛。"凯伦说。"皮划艇！对，是皮划艇。"库尔特附和道。"他上周末刚跟我妈妈一起吃过饭，她很喜欢他。"凯伦说。"我也很喜欢她，我怎么可能不被那样一位迷人的女士所倾倒呢？"库尔特接着说。凯伦越发觉得开心。"我们压根儿不应该再待在这一桌了。"她说。那个退休的修女茫然地看着他们，木讷地说道："你们怎么就不该待在这一桌了？""因为我们现在不是单身啦！"凯伦脱口而出，"我们在一起了，我们俩现在是一对。""我不是很明白。"修女依旧固执地说道。"您就别费心了。"说着，我轻轻拍了拍修女的手背。

凯伦和库尔特端着酒杯，相互搂着，穿梭在房间里，假装他们正在热恋。库尔特跟别人介绍凯伦的时候，特意强调她是他的

"S.O."。"什么是'S.O.'?"沃伦问我。"挚爱一生的伴侣。"我说。听到这几个字,沃伦深深地叹了一口气,他似乎想到了一些什么,双手下意识地用力按压着桌子的边缘,"天哪,沃伦你……"他突然如此激动让我有几分意外,我倾身向前,试图抚慰他的情绪。"我以前真的从没想过这会如此难熬。"他有气无力地说,"如果你不努力试试看,很多微不足道的小事看起来都会难于登天。"我也不自觉地意味深长起来。"来吧!咱们去跳舞吧!"此时,我竟像被蛊惑了一般,主动牵起他的手,向舞池中央走去。其实我并不爱跳舞,但是我能感觉到沃伦的舞步很是娴熟,他是一个沉稳大气的男人,他能领着我跳好这支舞。

我们在迪伦(Dylan)的《像一颗滚石》的旋律中,缓缓起舞,乐队主唱时不时地扯着嗓子跟人群互动——"朋友们,感觉怎么样?"激情四射的呐喊牵动了全场的气氛,在场所有来宾都跟着齐声唱起来。舞池对面,凯伦和库尔特不管不顾地尖叫着,此时的他们,眼里好像只剩下了彼此。英迪格和她的新婚丈夫托德(Todd),踩着舞步从舞池的另一边向我们走来。英迪格的舞姿曼妙惊艳,我毫无保留地赞美了她,我们紧紧相拥,然后牵起彼此的手跳起下一支舞。

"这是世界上最好的派对了吧?"她忘情地说。"绝对是史诗级别的。"我笑着附和道，"好到不可思议！""香槟喝得过瘾吗？"她问我。"一切都很完美！"我答道。"我很高兴你能跟沃伦跳舞，"她神神秘秘地说，"我早知道你们会处得来。""你为什么会这么觉得？"我不解地问。"你总是能跟情伤未愈的男人们相处得很好。"她说着，倾身向前靠了过来，在我耳边低语，"你比你想象得更善良。"她的声音轻缓温柔，但却重重地撞进了我的心里。我还没来得及向她反驳，托德便拉住她，他们一起踩着舞步跳向远处去了。我看着新娘那柔美的身姿包裹在华丽的丝绒礼服下，她手上的钻戒比天上所有的星辰都更大、更亮。

过了一会儿，沃伦和我又回到了我们的位置上，偌大的圆桌只有我们两个人在座，自然也就不拘小节起来。我们面前各自放着一杯巧克力圣代，我向他要了他的樱桃，他从容地送到我的嘴边，我不客气地一口吃了下去，他一直在跟我聊他持有的三家公司中的一家。酒过三巡之后，凯伦和库尔特都有几分微醺，跌跌撞撞地向我们走来，凯伦手里紧紧握着一瓶香槟，俨然不容侵犯的私有财产，我倒是想看看有谁能从她手上拿走那瓶酒。

"事情进展得还顺利吗？"我笑着问，"有人买你们的账吗？""我们被抓包了几次。"库尔特承认。"但真的很有趣，"凯伦接着说，"不是很有趣吗？"她确认似的转向库尔特。库尔特敷衍地点了点头，看上去他是准备要回到现实了。"我们现在准备回酒店了，"凯伦继续说，"我和卡尔。""是库尔特！"库尔特强调道，他的脸色沉了下来。"什么？"凯伦似乎还没反应过来，下意识地问道。"我的名字叫库尔特，不是卡尔。""啊，我是说库尔特。"她恍然大悟，不好意思地纠正道，"我的天哪！真的很抱歉，你知道我清楚你的名字，对不对？"而我和沃伦，我们就坐在那里等着看他们接下来还要做什么，然后库尔特和凯伦就一起离开了。

"如果你是库尔特，你会怎么做？"我问沃伦。"我会把那个女孩带回她入住的酒店，把她放到床上安顿好，然后我就回我自己的房间，自慰。"他说。"在事情演变得更严重之前，她竟能全身而退？这太不可思议了！"我说，"再说了，要是她自愿沦陷呢？""我想，可能还是因为我是个老古板吧。"沃伦说。"你是老古板？"我反问道，"你可不老，是你非要觉得自己老，但事实是你的确不老。"说着，我把手轻轻放到了他的胳膊上，我敢肯定我的笑容一定也能让他动情，与此同时我也在想，善良到底是一种什么样的概念。我抚摸着他的手臂，夜色微凉，宴会临近尾声，乐队也准备唱完最后一首歌就收工了。他开口道："今晚跟你相处得很愉快。"我说："我也是，宴会结束了，我们还可以继续，一定会很轻松、很愉快的。你可以跟我回家，或者，我也可以跟你回家。"我的手还放在他的手臂上，继续暗示，"我跟你保证，我没有喝醉。"

他说："我知道，我可能真的很愚蠢，才会拒绝你这样一位年轻漂亮的女士的邀约，但那不是我的一贯作风，我不是那样的人。我不是说你这么做就是错的，尽管我也不能说你是对的，我没有立场评价今晚看到的一切正确与否。"听完他的一席话，我本能地收回了我的手。

他接着说道："我和她在一起二十九年了，我们大学一毕业就结了婚，那是一个我愿意与之白头偕老的人。我从来都不担心没有女人跟我约会，只要我愿意，就不乏想要跟我共度春宵的女人，其他的一切也是如此。我不知道你们大家是怎么做的，也不知道我自己要怎么做，只是，你们不觉得那样会更孤独吗？"我说："沃伦，请不要再说下去了。"他先是略带歉意地说："真的很抱歉！"然后又顿了顿，略微提高了声调，"不，我不应该道歉，是你想要跟我上床，你才刚刚认识我，你才认识我三小时而已。"

我努力压制着心中逐渐升起的挫败感，平静地说："沃伦，我很抱歉，这件事的确是我的错，事实上，你已经老了。"

我无力地转身离开，眼里噙满了泪水。在我准备离开派对现场时，英迪格过来送我。"真的是一个非常美妙的夜晚。"我一边说着，一边拭干了眼泪，"能够来参加你的婚礼，我真的觉得很开心，真心为你感到高兴。"我们拥抱告别，然后我钻进了一辆正在前面等着，要送我去酒店的面包车。凯伦和库尔特也在面包车里，当我坐进车里的时候，他们停止了亲热，"你们不用顾忌我，没关系的，继续吧！"我对他们说，但当我说出这些话的时候，突然觉得很茫然，我不确定自己说的是哪一个他们。

夏洛特（Charlotte）

2003年，我搬进了一套公寓，一个空间狭小，但是能看到帝国大厦的公寓。那时候，我几乎没有足够的钱支付中介费用、租房押金和需要一次性付清的房租。但我还是做到了，虽然后来连买家具的钱都没有了，可对我来说，那依旧是一次不小的胜利。房间里只有一张床垫和一张小餐桌，是那种很简陋的牌桌，还有两把椅子，当时这就是我全部的家具了。最后没办法，我只能去附近的垃圾堆碰碰运气，在那个距离我家只有两条街的高档居民区的垃圾堆里，我找到了一个还挺像样的书架，实木的，没有一点破损。简单来讲，我想那应该是从一个死者家里清出来的，那晚有个住户刚刚去世，她的子女们把瓷器、珠宝和棕褐色的家庭相册都拣出来之后，丢掉了这个书架。没有人想要这个书架吗？没有。我把它扛到背上带回了家。我还记得那书架很重，我不得不走走停停，隔个三十秒就得停下来歇会儿。这个书架很高，几乎都快顶到我房间的天花板了。我把它擦了擦，清理干净后，又站在梯子上把它通体涂成了白色。一切都收拾妥当之后，我把手上的油漆蹭到牛仔裤上，笑着看我的杰作，心里感到很满足。一夜过后，书架上的油漆也就干了，我把它搬到房间的另一边，靠墙放着，然后把我所有的艺术类书籍都放了上去，还按照颜色整齐地排列布置了一番，然后特意邀请我妈妈过来，参观我的新住处。

她走进我的房间时，一眼就看到了那个通体亮白的书架，她问我从哪儿弄来的，我把书架的来历一五一十地跟她说了。"看上去真的很不错！"她由衷地说。"再这样去垃圾堆里翻找十多次，我就能把房间里需要的家具都凑齐了。"我脱口而出，不过说完我就后悔了，因为不想让妈妈觉得我过得这样不堪，尽管一直以来我们都是游走在破产的边缘。她在餐桌旁边坐了下来，我在原来装果酱的玻璃罐里倒了一些酒，推到她面前。过了一会儿，她突然落寞起来，眼里充满了哀伤和孤独，开始思念起我的父亲。我妈妈已经孀居十五年了，每当她热爱的生活变得有些单调时，她都一如既往地喜欢抱怨。临走前，她对我说："我可以给你一些家具。"我随口婉拒道："妈，不用了，我现在这样也很好。"她接着说："不，我本来就有几件家具要给你的。"我有些茫然，不明白她在说什么，几件？她本来也没有多少件闲置的东西，于是我又一次拒绝了。可她似乎很执着，对我的几番拒绝甚是反感，没好气地说道："只要我想给我女儿的新家添置几件家具，我还是能办到的。"我最终不得不妥协，接受了她的好意。她说她会委派一个人过来帮我料理家具的事情。她走了以后，我独自一个人把剩下的那点酒一股脑儿全喝了。

　　几天后，真的有一个男人开着一辆货车来了，我壮着胆子走到街上，看看能不能帮他搬点什么东西。他声音尖细，显得很活跃，看上去干瘦的身材却能爆发出不可思议的力量。我注意到，他有一头绵密的小卷发，他说自己叫阿隆佐（Alonzo），并自我介绍道："我是你妈妈的一个朋友。"我欣然接受了他的身份，我妈妈一辈子交了很多朋友，三十多年来，她一直是一个激进的政治活动家，参与左派组织各种可能的地下活动。我们家总是有形形色色的人出没，有人帮助她就能说明点什么了，至少她从来都不缺朋友。

　　有个女人从副驾驶座上跳了下来，她是一个健壮的大个子，是一个金发碧眼的女人，体格大约是这个男人的两倍，比他高也比他壮。"这是我的女朋友,从弗吉尼亚州过来这里玩。"他介绍道。那个女人礼貌性地向我挥了挥手。他没有提到她的名字,径直打开了货车的后车厢,那里面有一盏台灯、一张小茶几、一个书架,还有一把无比惹眼的、带有丝绒软垫的躺椅。这是一把木质的躺椅,上面装饰了雍容的黑色皮革,一把伊姆斯椅,或者至少是一个高精仿制品。我已经有一阵子没回家了,可我非常肯定我妈妈已经把她卧室里一半的家具都给我了。

阿隆佐和那个女人把所有的家具都搬下了车,除了那个台灯,那个是我自己拿下来的。阿隆佐默默地指挥着,看上去大部分家具都是那个女的扛在肩上搬运的。当他们收拾妥当时,她对我说:"如果你想卖掉这把椅子的话,记得第一时间通知我,我很喜欢,我就喜欢这种类型的椅子。"她说这些话的时候,我都能深切地感受到她声音里的渴望——这件事情让我感到快乐,这个东西让我感到满足。还能知道自己喜欢什么,她是多么幸运啊!我差点就把椅子给她了,但当时我实在太拮据,自己也很需要那把椅子。

我打开手包,想要给他们一些小费以示感谢,但阿隆佐拒绝了。"你妈妈已经把一切都打点好了,你不用再费心了。"他说。他给了我一张他的名片,上面有一大堆工作头衔,他是一个木匠、一个打碟

的唱片骑师（DJ），还是一个励志演说家。他还做车身修理工作。"但
凡你有任何需要，都可以给我打电话，"他说，"我什么都会弄。"听
他这口气，我都觉得他简直无所不知、无所不能，我把他的名片放
在了厨房的抽屉里：那可是我新家的第一张名片。

一周后，我妈妈过来看我，主要还是想知道她那些家具摆在我
的公寓里看起来怎么样。她问及阿隆佐，但实际上她好像对他的女
朋友更感兴趣，"他有帮你料理妥当吗？是跟他那个女朋友一起来的
吗？"她问我。"他跟你是什么关系？"我说。"他只是我的一个朋友，
比较喜欢帮助别人，他就是这么个人。"她回答道。"我还从来没遇到
过那样的人呢。"我说。"当然，"我妈接过话茬说，"你总和那些不靠
谱的人混在一起。"

三年过去了，我已经快三十二岁了，我妈妈交了一个新的男朋
友，后来他们分手了，因为她发现他在迈阿密还有一个女朋友。"就
这么着吧，我受够了，我再也不交男朋友了。"她向我抱怨道。那段
时间，我哥哥跟一个美丽的女人结婚了，在婚礼上她看上去像个公
主，这让我开始相信真爱存在的可能性，即使它对我来说并不存在，
能够出现在别人的生命里，也足以让我感到莫大的欣慰。我哥哥婚礼

那天，我跟他的一个朋友上了床，第二天早上他偷偷溜了，都没有跟我告别。后来我们再也没有见过，直到几年后，我偶然在报纸的结婚公告栏中看到了他的照片。我当时想，祝福你！但也很想说，去你大爷的，浑蛋！虽然我根本没有资格有那样的情绪。

在这三年里，我得到了两次升职加薪的机会，终于能够还清攻读研究生时欠下的学杂费了，虽然后来我并没有读完研究生。那之后，我买了一个称手的酒杯，换了新书架和厨房里的餐桌，但我留下了那把躺椅和那个丝绒软垫，因为我真的很喜欢它们。新家具让我觉得自己更成熟了，我也基本上不再嗑药了，这让我觉得自己一下子长大了很多。我并没有借助任何类似"12 步疗法"的帮助，只不过我再也无法承受宿醉的代价了。

但是有一天晚上，在我以前一个毒友的愚蠢的生日派对上，我又嗑药了。我走进房间的时候，每个人都已经吸得很嗨了，我闻到了毒品的味道，在他们脸上看到了它如梦如幻的神奇魔力，我也想要吸。因为这儿是被遗忘的角落，这个团体，这群人，这间布什维克最下等的短租阁楼。我并没有嗑太多药，零点之前就离开了那里，否则事情可能会演变到更加糟糕的境地，我居然"悬崖勒马"了！我服下了一片安定药片，想让自己镇静下来，但是没有用，或者它可能的确起了作用，只不过是反作用，我睡得极不安分，整晚都被可怕的噩梦折磨着，甚至还被噩梦惊醒了。就跟你们简单地分享一些我梦里的特殊的情节吧，因为听别人详细描述梦境是很无聊的，其实只是我死去的父亲昨晚造访了我的梦境，我已经好一阵子没有想起他了。事实上，我一直是尽量避免想到他的，除非遇到一些不得已的特殊原因，否则我真的不愿意去想。可是如果非要我对此进行深刻思考的话，那可能是跟一种挫败感和对自身存在的不满有关吧。我害怕面对任何可能让我想起他的情景，哪怕只是一个模糊的影子。但这也仅仅是一个猜想，一个未经考证的、痛苦而沮丧的猜想。总之，他就在那儿，没有特别被胁迫或是怎么样，但也非常不友善。他周身散发着幽蓝色的亮光，坐在那把躺椅上，双腿自然伸直，平放在丝绒软垫上，这是一个梦，一个噩梦，一个幽灵的造访，我一下就惊醒了。

我被吓得浑身一激灵，立刻清醒过来，眼神专注地在房间里逡巡，试图在现实中找到一个固定集中的焦点。我的目光锁定了那把躺椅，片刻思忖后，我突然意识到这是我父亲毒品吸食过量而死时躺着的那把椅子，毕竟，那是他生前最喜欢坐的地方，他还经常在那儿打瞌睡。那时我还在上学，他就在我们家的客厅里去世了，临终前还听着爵士乐，这个细节我妈妈已经念叨过无数遍了。她从来没有明确说过他具体是在哪里过世的，但当然就是在这把躺椅上。而现在，这把椅子在我的家里，我也常常躺在上面，躺在上面浏览周日的报纸，还有好多次在上面跟不同的男人做爱。在我爸爸临终的躺椅上行淫，这真的是一份很酷的礼物，妈妈！

我打电话向妈妈求证真相，她没有接听，我给她留下一条短信，她好几周都没有给我回电话。当她给我回电话的时候，我正坐在去上班的电车上，不太方便接电话，所以她就给我回了一条信息，就短短十几个字："亲爱的，你要是不想要那把椅子，就扔了吧！"

我又给哥哥打了电话。"妈妈把爸爸临终时躺的那把椅子给了我。"电话一接通，我便向他诉说道。"你收下了？她以前也想给我来着。"他说。"呃，我当时并不知道它还有这个故事嘛！"我抱怨道，"我猜我可能是忘了。"至于要怎么处理它，我已经有主意了，哥哥也没有提出异议。"我也常常梦到它，并且都是噩梦，"他说，"扔了它吧！""就像垃圾堆里的那些一样？"我有些犹豫。"安德烈娅，把它扔了吧！"他坚定地说。

但是我很清楚妈妈为什么把它留在身边那么久，也知道为什么她想要把它送给别人，而不是直接丢到垃圾堆里——那是爸爸的椅

子。所以我决定把它投放到克雷格列表（Craigslist）网站上出售，这
样我至少还能知道它会被带到哪儿去。我在线查找了这两件东西的价
格，一套价值一千美元，一个周六的早晨，我给它们标价一百美元
投放到了网站上："寻找一个好人家，价格可商量。PS：我父亲是在
上面去世的。"

很多人在我发布的那则广告帖下面留言，我把我的住址告诉了
他们所有人，因为我觉得我已经精神失常了。我买了一瓶葡萄酒，开
门欢迎每一位来看躺椅的人，有一对年轻的小夫妻，二十岁出头，
刚从缅因州的一所私立大学毕业，他们正一起布置自己的第一所公
寓，他们是如此年轻，满怀希望，我不喜欢他们，所以找个理由打
发他们离开了。还有一个叫阿黛尔（Adele）的女人，是从事广告行
业的，她看上去很势利，上下打量着我，并且竟然趴在地板上，动
手从下面检查起椅子来了，还对椅子上的一些划痕喋喋不休，开了
低于一百美元的价格，真的让我很崩溃，我几乎是尖叫着把她送出
门的。接下来，是一对悠闲的退休夫妇，这是他们的爱好，通过参观
别人的家具，打发自己的时间，在纽约各色人等的家中穿行漫步。后
来，又陆陆续续来了十多个人，他们要用我的卫生间，毫不客气地

用我的毛巾擦手，还把他们从饮品店带出来的一次性杯子随便丢在我的垃圾桶里，他们仔细检查着椅子，大刺刺地把腿伸在我的丝绒软垫上。还有一个看上去像是要复兴兄弟会的男孩，给人的感觉是没有他自己的品位，但这把躺椅似乎是他想要的那种家具，可他张口却来了一句："这个躺椅看上去太老派了。"不卖了！这个躺椅不卖给你，从我的家里出去！差劲的竞买人！弱智！一堆讨人厌的人！你们谁也不配拥有我爸爸的躺椅！

后来亚伦（Aaron）来了，他是一个很有追求的民谣歌手，刚到这座城市六个月，他有一头很好看的卷发，衬衫的领口总是开得很大，身上有股大麻的味道，一副放浪不羁的样子。出于某些特别的原因，我爸爸肯定会喜欢他的，亚伦会在我爸爸的躺椅上聚精会神地听迪伦的三则故事，我爸爸过去很爱讲这些故事。亚伦告诉我，他在楼下停了一辆货车，现在就可以把椅子带走，没问题的。"那是一辆旅行用的货车。"他跟我说。他一直浪迹在美国各地的咖啡馆，进行民间音乐演出，他说，他搬到这儿是为了传播民间艺术。还有民间艺术吗？我心里暗想，但没敢大声问出口。等等！后来我好像真的没意识地问了。"当然有，"他说着，嘴角便扬起了好看的笑容，"我喜欢你，"他说，"你真是个如狼似虎的浪蹄子。"看上去这已经是他能使

036

用的，对我最客气的词汇了，既对我进行了批判，又相对温和地做了去女性化的处理。他真是个蠢蛋，跟那不羁的外表简直判若两人，我对他敞开的领口再也没有任何兴趣了。他开价两百美元，要买走那把躺椅，"再见！"我说。

"那跟我一起喝杯咖啡怎么样？"他瞥了一眼桌上那个半空的酒瓶，自顾自地说道，"或者喝杯酒，或者其他任何你想要的。"他说我看起来需要好好地释放一下，那倒是真的，于是，我就跟他一起下去走了走。他把那辆货车指给我看，说我应该进去坐坐，我照做了。我们在他的车里做爱，过了一会儿，他说："要不要玩点嗨的？""我不想。"我说，"我已经喝醉了，不需要再嗨了。""我需要。"他说着，开始抽起了大麻。"好吧。"我无奈地说，偃旗息鼓了许久的挫败感死灰复燃。

我们回到了我的公寓，又继续乱搞了一通。"我想你该走了，"我对亚伦说，"这也太莫名其妙了。""你确定吗？"他问我，"我们可以现在就做，我现在特别硬，可以很快抽送，然后就结束了。"他吐出了一连串肮脏下流的词汇，语无伦次得都连不成一句话。但是我已经打定主意了。"不，你走吧！"我说，丝毫没有在意他的威逼利诱，我还有一点点体力，把他推出了门外，我觉得我这么做是对的。后来他再也没有出现过，大概在纽约的某个地方忙他那火热的民间艺术吧。

　　这都是些什么事啊？我的家被陌生人一通肆虐，就连我的身体也是，我竟然跟那个男人在他的车里做爱，我竟然鬼使神差地默许了发生在我身上的这一切，我还把他邀请到我家里来。我应该干干脆脆地把那把椅子扔掉的，压根儿就不会有这些乱七八糟的事。我忽然觉得很无力，一种深深的倦怠感慢慢袭上心头，这把该死的椅子，我这辈子都不想再看到它。这时，我突然想到餐桌抽屉里的那张名片，那个无所不能的男人。我从抽屉里翻出了那张名片，拨通了名片上的号码。阿隆佐接听了电话，他似乎并不知道我是谁，我提醒他，我是我妈妈的女儿。"伊夫琳（Evelyn）的女儿，好的，伊——芙琳。"他不确定我母亲的名字，又重复一遍。

　　我跟他说起了那把椅子。"你觉得你的朋友还会想要它吗？"我没有底气地问。"让我想一下，谁来着……夏洛特？"他答道。"我也不清楚啊，你好像没有告诉过我她的名字。"我如实说。"是的，就是夏洛特，我也有一阵子没见过她了。"他说，"我倒是可以找到她，但是我不确定她还会不会想要理我，你也知道的，人活一世总有人走进你的生命，又无法避免地有人离开。""是呀。"我附和道，对于这个我完全可以感同身受（但是我也是某人的夏洛特吗？或是阿隆佐？我可能只是一个安德烈娅）。"不管怎么说，你这个事情交给我了。"他很豪气地说，"如果行情好的话，我可能会把它卖掉。""它还摆在原来的位置，"我说，"仍然完好无损。""我先给你五十美元买下它。"他说。"好的，成交！"我很爽快地答应了，"椅子你来拿走吧。"他告诉我，他现在在布朗克斯（Bronx），但八点钟以后他就能到布鲁克林。我坐在椅子上，悠闲地喝着剩下那半瓶酒，直到他来敲门。

"就是这把椅子吧？"他一进屋，眼睛就瞥向了那把躺椅，他把手背到了身后，"果然跟新的一样。"他说。"还是有些刮擦划痕的。"我实话实说。他从口袋里拿出了一个皮夹，看上去里面装了不少现金。

"老实说，我会付你五十美元，然后就带走这把椅子了。"他说。"你拿走吧，我也不想再看到它了。"我说，也算是了却了一桩心事。我心想：现在到底是什么情况啊？啊，我是在哭吗？是的，我的确在哭。我用手背拭干了眼眶里的泪水。"嘿，亲爱的，咱们换个交易方式怎么样？"或许是觉察到了我的异样，他沉思片刻后说道。

他让我坐在椅子上，我照做了，然后他小心翼翼地搓着手，闭上了眼睛，让我也闭上眼睛，我再一次照做了。然后他把双手，那双手很温暖，甚至有点烫，放在我的大腿上，停了一会儿，又放到了我的胳膊上，然后放到了我的心口。他做这一切的时候，我们聊了几句，他问了我一些关于我妈妈、爸爸和哥哥的事情，当然，大部分都是关于我妈妈的，因为他喜欢她。然后我们又聊到了我，问我多大了，做什么工作，是什么东西会让我感到悲伤，又有什么东西可以让我快乐。我真的很难回答最后这两个问题，很长一段时间，过去发生的好多事情我甚至都想不起来，但是随着我们谈话的深入，我开始感觉到胸口涌动着一股簇集的温热，在胸腔上方，稳稳地浮在我的锁骨下面。然后我听到阿隆佐温柔地低语道："就是它了！"正当我感到胸口热得喘不过气来时，锁骨下方的那个热球开始降温，但只是稍微降了一点点，还在明显向下降，此时，阿隆佐的双手也从我的胸前拿开了。

"我累了。"我说。"我猜你也是累了。"他说，"你在那里藏了太多东西，我建议你常常看顾自己的内心，我很愿意帮你，但是我开出的价格可不低哦。"他继续说，"而且，我也不能经常从布朗克斯过来，你最好还是找一个本地的咨询师。"我们拥抱告别后，他就带着那把躺椅和那个丝绒软垫离开了。

我站在落地窗前向外望去，看着他的身影缓缓消失在眼下的街角。他把两件东西轻松地扛在肩上，对他来说，那么沉的家具却轻如鸿毛，我这才知道，他从一开始就不需要夏洛特。

第二天，我就电话预约了一位心理咨询师，一周后我见到了她，一直到现在我都还在治疗。八年过去了，我也不知道自己到底有没有痊愈，如果阿隆佐那天在我皮肤下面感知到的痛苦已经缩小了一点，我想灵魂里的陈年肿胀应该也减轻了，那个热球应该也已经冷却了，我多希望自己现在能好一些，但大多数时间我还是无法从那丛生的痛苦中看破真相。

克洛艾（Chloe）

　　我和巴伦（Baron）的初见，是在一个我们共同的朋友的烧烤会上。我们共同的朋友名叫德布（Deb），她早就告诉过我要我留意他。"最近刚刚恢复单身，单身届的新贵，"她给我发了短信，"要多新有多新。""新得像刚生出来的一样，是不是？"我给她回信息道。"事业成功，创新能力强，聪明帅气。"她又发了短信补充道。"一个抢手货呀！"我回她。"一年之内，他都会是个抢手货。"她接着回我，"现在下手再好不过了。""就我这条件，那个抢手货能看得上吗？"我回了条信息过去，结果她一直没有给我回过来，直到六小时之后，她的信息终于来了，"抱歉，一直在工作。"接着又是很长时间的停顿，"难道是我会错意了？你不就只是想玩玩吗？"她的信息又来了。

我本想言辞激烈地争辩一番，但最终却无话可说。

因为德布做了两种不同口味的土豆沙拉，一种奶油味的，一种糖醋味的，所以我和巴伦针对土豆沙拉这个话题，谈了相当长的一段时间。那真的是一个特别愚蠢，但却十分诙谐的对话，实际上我们讨论的东西毫无意义。他看着我，眼里充满了兴趣和欲望，我感觉自己的身体逐渐燥热了起来。可能是男性早期脱发症的缘故，他剃了个光头。他频繁地擦拭着自己的眼镜，我明确地指出了这一点，他耸耸肩，说道："我受不了镜片上的指纹。"我接过他的眼镜，在镜片上哈了一口气，然后用我的丝绸衬衫的衣角把它们擦干净了。"像新的一样。"说着，我把他的眼镜递给了他。"你真的是帮了我大忙了。"他连连称谢。谈到某一个话题时，我们惊奇地发现彼此的住处只隔了十个街区。"方便。"我心领神会地看着他，咧嘴笑道。

德布住的是一套花园式公寓，有好多孩子在她的公寓和花园里跑来跑去，其中的一个突然尖叫，吓坏了我。"孩子们，嘘！"我示意他们小声一些。"我有一个孩子……"巴伦郑重其事地说道。"我只是不喜欢孩子，但并不代表我不喜欢你。"说着，我的手挽上了他的胳膊，一时间好像有种挫败感和成就感同时涌上心头，因为尽管我曾经在类似的情况下失过手，但无论如何，我可能还是应该这么做。

　　如果是两个萍水相逢的人，宴会结束的时候可能直接就各自回家了，但是那天我们并没有那样。他开车送我回家，然后把车停在我住的那个街区，后来我们在车前座上做爱，当时我竟然忽略了后面儿童座的存在。他的攻势很强，忘情地向我索取着，舌头伸进了我的嘴里、耳朵里，甚至伸到了喉口。他胡乱地解我的衣扣，隔着衬衫用力地揉捏我的胸部，一股强烈的快感和羞耻感同时袭来。酣情中，我一只手透过他的裤子握住了他坚挺的下体，他先是一震，忽而停了下来，余情未消，理智却也恢复了半分。"十二年来，你是除了我前妻之外，第一个跟我亲热的女人。"我说："哇，第一次约会真的是太好了。"他脱口而出："这不是约会。"我突然感到一阵哑然，紧接着是卷土重来的挫败感。"好吧，"我说，"我没兴致了。"我把手按在车门上准备离开，但还是给了他片刻时间向我道别，他很识趣地道了歉。他说："对不起，我不知道自己都做了些什么，意乱情迷之间，我一下子不知道何去何从了。"他牵起了我的手，深深地吻了下去。"你好美，"他说，"你真的好美，也很性感，你应该让我带你出去，跟我约会，真真正正地约会。"

　　"毒瘤！"周一早上，我的同事尼娜胸有成竹地说道，"马上甩掉他！"

周三，他又给我发短信了，问我周五晚上是否愿意跟他共进晚餐，我借口说已经有了安排，我努力表现得自然一些，可惜对我来说，这样的事情这辈子从未成功过。他说他周六没有时间见我，因为要带他的女儿，我当即"缴械投降"了，"那我把周五晚上的时间空出来吧。"我说。我们选择了附近的一家餐馆，不过吃饭也只是一个借口，因为我们都知道接下来会发生什么。关于要对彼此做点什么，我们俩已经通过短信商量好几天了，想想都觉得不可思议，一切都是我想要的。

周五那天，我早早就下了班，花了好一番心思打扮自己，去Dean & DeLuca（一家高档的连锁超市）买了一些蓝莓，然后难得地去了一趟现代艺术博物馆，给自己麻木的灵魂放个假，沉浸在久违的艺术气息里。我花了二十五美元登上顶楼，俯瞰整个现代艺术博物馆，努力感受内心深处最真实的自己。最后我发现馆内的那些永久收藏品依旧对我有着蛊惑般的魔力，我一直在那里徘徊，放肆地领略着它们独特的美。能够被陈列在这里的，都是现代艺术家近几十年来最受认可的呕心沥血之作。我想，即使只有一件传世之作，也比一辈子默默无闻要好很多。我想念画画的那些日子，甚至连油彩的味道都让我怀念不已，过去的十三年里，我一直在寻找一种可以代替它的味道。

几个小时后，我被他的气息彻底包围了。在晚餐开始之前，我们先在酒吧里点了一杯鸡尾酒。我今年三十八岁，他已经四十二岁了。"我才刚刚重获新生。"他跟我说。"有时候，我觉得好像我的人生已经谢幕了。"我回道。晚餐倒是没有消磨太多时间，但我仍旧尽情地享受着，因为我对食物由衷地热爱，即使在那些最难过、最灰暗的时光，我依旧会让自己每顿都吃得很丰盛。我点了一份牛排，"我要两三分熟，"我嘱咐服务员道，"血红色的那种。""肉食动物啊！"他笑着说。"可不就是嘛！"我说。我们各自喝了两杯葡萄酒，我说："你知道我们本来应该做什么吧？"他调皮地答道："抓住这个瓶子？""我可从来没有这个打算。"我佯装生气地说。他说："我也没有。"我们看着彼此，开怀地笑着。就这样一直下去吧，我心想，我只愿岁月静好，可以一直这样相处下去。

晚餐过后，我们踱步回我的公寓，不是他的，他说他家实在太乱了。他戴着一顶帽子，穿着条纹衬衫、短裤和拖鞋，迈着轻快的步伐；我则穿着一件清凉宽松的黑色裙子，白天跟艺术完美邂逅之后，能够这样闲适安然地漫步，让我感觉既明智又满足，不过，也有点酒过三巡的飘飘然。往回走的路上，我跟他说，家里有瓶波旁威士忌。

他轻声告诉我，说我是个浪漫的女孩，他再三强调："我觉得你是上天送给我的礼物。"我笑得前仰后合，不过我喜欢这样的恭维。

　　我们来到了我的工作室，他在房间内环视一番后，连连点头——那些画、书架上成堆的书，还有吊在天花板上晃来晃去的坛坛罐罐——我当时已经半醉，身体晃得厉害，激动地给我们俩各倒了一杯波旁威士忌，居然没有洒出一星半点。我们互相碰杯，然后痛快地喝下。"这真的太令人振奋了，"他说，"我好激动。"我大胆地脱下衣服，赤裸裸地站在他的面前，并没有进一步行动。"我爱死你那玲珑有致的曲线了，"他两只眼直勾勾地看着我说，"臀部，没错，就是那儿。"他向我点头，对我的赞美也愈加动情。我突然发现自己竟然如此渴望得到他的赞美，这个离异的男人，这个有个孩子的男人，曾经属于别人的男人，现在这一刻，完全属于我。

　　他取下了他的帽子，然后脱下衬衫，紧接着脱下了裤子。他皮肤苍白，几乎没有什么汗毛，而且我发现他甚至已经修剪了阴毛。"你是不是——"我指了指他的下体。"我觉得我应该那么做，"他说，"我在 GQ 男士网上看到的。""我以前还真的没有看到过，"我说，"我想我可能有点离谱。"他说："我还给胸部脱了毛，疼死了。""我也脱毛了，"我接着说，"不过，就只有这儿。"我指了指我的下体。
"你那样看起来挺好的，"他说，"挺正常的。"

　　对彼此坦诚过后，我们开始拥吻，不知不觉我竟躺在了他的身下，他在我的身上忘情地驰骋着，抽动的速度也越来越快，我们就那样纵情欢愉，一起抵达了快乐的彼岸。他俯身将我抱到我的沙发上，从身后顶着我，继而霸道地在我的身体里攻城略地，每一次进攻都是那般不容置疑，发泄似的征服着我。旁边刚好有一面镜子，我从镜子里瞥见他正在看着自己，凝视着自己的面部表情，这一刻，他所有的激情好像都与我无关。就这样一段时间过后，我们尝试了另一种姿势，然后又换了一种姿势，接着是另一种，然后又换了一种。"我们能不能还像一开始那样？"我说。"什么？嗯？"他眼中的激情未退，茫然地喊道，向上推了推眼镜，努力地凝神看着我。"我喜欢我们之前的那种感觉，就像十分钟前那样。""等一下。"他说，他停下了所有动作，摘下眼镜，用我身边的内裤擦拭干净。

　　紧接着，我们又调整了姿势，回到开始的那个位置，我们的动作很轻缓，这样真的很棒。但他很快又开始加速，他抽动得越来越快，越来越用力，我甚至有种快要死在他胯下的错觉，不得已请求道："亲爱的，慢一点。"他粗喘着，断断续续地说："我不能，宝贝！我要来了，别让我停下来。"我当然不能继续要求，因为这是十二年来，他第一次跟除了他妻子之外的女人共享鱼水之欢，是跟我，我想要他记得我曾给过他如此美好的性爱体验。我继续让他疯狂地在我的身体里肆虐，一分钟后，他抵达了快感的巅峰，纵情地高喊，那声音足以叫醒下面整条街的住户，但他似乎毫无知觉，对自己甚是满足和骄傲。那一瞬间，我突然开始讨厌他，但却也更加渴望他。

　　我稍稍借力于他，将他从我的身体里抽离，一小股快感猝不及防地袭来，继而又很快消散。然后，我们就这么赤裸着坐在我的餐桌前一起吃蓝莓。我买的是刚采摘的新鲜蓝莓，又把它们放在窗前晒了那么长时间太阳，所以口感甚好。我一边把蓝莓放到嘴里，一边愉快地跟他聊天，每番云雨过后，我总是会变得像个傻瓜一样。某一刻，我突然感觉到他停了下来，没有继续吃蓝莓，只是看着我吃，而我一直在吃，不知不觉就把一碗蓝莓都吃光了。我稍稍坐正，看向他的眼睛，"怎么了？"我问。"很抱歉，我要走了。"他平静地说。他穿上了自己的衣服，我还是赤裸着身体，就静静地坐在那里，看着他穿上衣服离开。"我是不是很古怪？"他问。"我不知道，"我回答，"你古怪吗？"然后他就走了，什么也没留下，除了我上臂那个淡蓝色的手指印，那是他紧紧捏着我时留下的。

第二天，他发短信来向我道歉，为他昨晚莽撞地占有我，为他后来的离开。我原谅了他。我们就着昨晚的性爱体验继续调情，可以感觉到，电话那一端的他已经难以为继，声音里欲望的痕迹越来越重，这边的我也越来越湿，接着，他突然要走——他的女儿来了。

"事情进展得怎么样？"周一早上，尼娜一看到我便八卦起来。

"他好像是吓坏了，完事之后就离开了。"我如实说。

"噢，好吧！"尼娜说。

"怎么样？"德布也发来信息。

"他真的很棒！"我回道。

"你喜欢他吗？"她问我，但是我没有回答。

后来的几天里，巴伦跟我来来回回地传了很多次简讯，都是在商量什么时候能再见，但是并没有什么具体的计划，就只是：我们赶紧出来约会吧！

一周后，我在街上看到他带着他的女儿。他一只手牵着女儿，一只手拎着一个装满各种杂货的塑料袋，还带着绿缨的胡萝卜从袋子的上方戳了出来。他的女儿背着一个有蓝色小花的背包，她的妈妈一定有拉美裔血统，她是一个漂亮的小姑娘。巴伦在离我一个街区远的地方看到了我，向我挥了挥手，就向街的另一边走去了。

"你怎么能这样呢？"我后来给他发短信。

"你跟我说过，你讨厌小孩。"他给我回短信道。

我们有时还会发生关系，你能相信吗？随着时间的推移，我变得越来越讨厌他，而他对我似乎也有同感。交欢时，我们有时会对彼此很暴力，两相生厌，很用力地彼此报复。我希望他无所顾忌，也可能正是因为他的无所谓，才让我心生怨念。有没有那么一刻我们都能从彼此身上获得最好的体验，两厢生欢呢？曾经有过那种可能吗？我们还有别的选择吗？当我想到我们在一起的所有小分歧时，突然觉得：比起一条路走到黑，捆绑着彼此深陷泥潭，我们或许早就该做一个了断了。

有一次我刚好撞见他跟另一个女人在一起，那天是周日，我在公园里读完报纸后，就独自一人去咖啡馆吃早点，杯子里还残留着最后一点咖啡，甜甜的，有股奶香味。那是一个阳光明媚的早上，一小时内我要给我妈妈打电话，紧接着的一小时要给我哥哥、嫂子打电话，问问他们那个患病的孩子最近怎么样，周日是一周内最让我觉得我还是有我自己的时间的日子。

然后他和她一起走了进来，他们穿着旧的 T 恤衫和牛仔裤，她的头发乱糟糟的，两个人在一起感觉很随意，也很惬意。咖啡馆里已经没有多余的座位了，我看到他向我这边看过来，便示意他带她去别的地方看看。我看到她说："但是那儿有一个空座位啊！"她扑通一声在我旁边坐了下来，他的新宠，他的猎物，瞧她那一脸天真的样子。我只是点了一个煎蛋卷，并不想要来一次心如刀割的体验，我向服务员挥了挥手，示意埋单，像一个车行到偏远地段，却不幸爆胎了的倒霉鬼，站在路的一边等着别人前来解救。帮帮我！我继续挥手，救救我呀！

"嘿！你……"巴伦说。

"不好！"我说。那个女人一脸迷惑地看着我们俩，我也顾不上结账了，直接在桌角上放了二十美元就离开了，让他慢慢跟她解释吧。

他有一次对我说："我不能再见你了，我正在断送自己的人生，我他妈都做了什么！"

还有一次，他试图跟我谈起他的女儿，他的女儿叫克洛艾，我让他闭嘴。"别再跟我说关于她的任何事。"我说。后来他再也没有跟我提到过他的女儿。

西格丽德（Sigrid）

　　二十五岁那一年，我从芝加哥飞往纽约，去看我的哥哥戴维（David），他那年二十九岁，换了一个乐队，一切也都安定下来了，虽非出类拔萃，但也还算可以。他无法割舍他那份糟糕的工作，或者其他任何事情，但我还是觉得他是世界上最酷的人。他之前一直在顶尖的三大乐队中的一个乐队效力，虽然不是举足轻重的音乐家，但也一直在努力地传播自己喜欢的音乐，所以尽管我们相隔甚远，我还是非常渴望成为他生活的一部分。

　　那个乐队里的每个人都很年轻，也都很好看，所以他们的面孔经常出现在各种各样的杂志上，不仅是一些采访报道，也有一些时尚摄影。在其中一次拍摄中，我哥哥遇到了一个名叫格蕾塔

（Greta）的杂志编辑，她比我哥哥年长几岁，有一头明亮的金棕色头发。因为身材高挑纤瘦，气质优雅，所以很多设计师都愿意把他们的衣服免费赞助给她。她的衣品的确很好，穿出来也很上镜。她经常会戴一些很厚的蓝色镶边眼镜，因为她想要你们知道她很聪明。

他们开始约会，不久便坠入爱河，很快就同居了。也就是那段时间，我去纽约拜访他们。两个月后他们就搬到了下东区，他们住的街区真的是糟糕透了：那儿有一个脏兮兮的酒店，坑坑洼洼的油毡地板，邋遢得很，还有一群粗鲁暴躁、声音嘶哑的男人在酒店外面晃荡。我哥哥推断那里肯定有人进行毒品交易，可他实际上从来都没去买过任何东西，高中毕业以来，他一直习惯跟同一家供货服务商合作。但公寓里面是崭新的，整体的装修风格是硬木系列的，墙壁上装饰着朋友送的那些崭露头角的艺术家的艺术品，还有几件格蕾塔家传的、年代久远的画作。所有作品都被裱了起来，看上去非常专业，除了他们家浴室外墙上的那幅，格蕾塔还再三跟我强调，说那是一幅非常著名的涂鸦画作家的作品，是他们在乔迁派对上收到的礼物，她一直觉得它能给他们的新家带来好运。

那个周末他们又举办了一场派对，为我举办的一个小规模的派对。我喝得酩酊大醉，吸食了一些可卡因，还跟我哥哥乐队的队友发生了关系。我们蹑手蹑脚地悄悄出去，每一个不小心撞见我们热火朝天痴缠的人都很识趣地走开了。我现在才明白，试图通过这样的方式获得他们的一丝青睐，真的是一种可悲的妄想，这该死的尝试简直蠢透了！不过他还是非常英俊的，有一半意大利的血统，黑色的头发自带柔波般地微卷，就连胸毛都很性感，从这个层面上看，我会被他蛊惑难道不是合情合理吗？

然而，这件事情却造成了我哥哥和他队友之间的一点小小的摩擦，最终，乐队其他队员也牵扯进来了。为此，我哥哥很长一段时间不愿意理我，直到后来格蕾塔介入了这场冷战，由她从中调停，我们最终达成一项和平共识。他给我打了一个很长的电话，提起那件事时，他问我：“你觉不觉得自己是个酒鬼？”我大声争辩道：“不是，我只是年少无知，觉得好玩而已。”说着眼泪就不争气地流了下来，我眼含泪水地哽咽，我想他肯定是听到了，然后他说：“下次你跟我或是我的朋友在一起的时候，能不能克制一下？”我答应他会尽量克制。不管怎样，那个乐队还是解散了。在格蕾塔的牵线帮助下，哥哥后来又组建了一支新的乐队，结果比之前那个乐队还要成功，他自己作词的歌里，有一半都是唱给格蕾塔的。我哥哥唤他的新乐队为"我的新宝贝"，也以此给它命名，对它甚为钟爱，我们都被他感动了（我妈妈决定接纳格蕾塔，那时，她可能比喜欢我还要更喜欢格蕾塔）。于是，我的堕落得到了原谅，一切不堪回首的往事如烟消散。

在芝加哥经历了一连串可怕的、戏剧性的人际关系危机之后，尤其是在跟一个学术界的精英交恶之后，我就从研究生院退学了，灰头土脸地在那座城市又鬼混了一阵。直到后来，格蕾塔邀请我搬到他们家去，要不然我还在迷情公寓灌满酒精的鱼缸里醉生梦死呢。那年夏天，戴维要出去巡演，而她留下来继续工作，加之全家人都很担心我，虽然没有明说，但是我能真真切切地感觉得到。特别是我刚到他们家那会儿，因为毒品吸食过量，昏头涨脑的。我看到我妈妈跟格蕾塔一起坐在客厅里等我，她俩一脸享受地吃着黄瓜和干酪做的三明治，就好像那里面有什么永远吃不够的东西似的，真是不可思议。来，跟我们一起吃吧！她们嘴里的三明治好像还没吃完，就热情地招呼我过去，我一口气吃了六个三明治。我一边吃，一边抱怨旅途的诸多不愉快，因为实际上我已经好几周没有正常吃过东西了。

接下来的整个夏天，发生了一系列事情：在格蕾塔的照顾下，我逐渐恢复了健康。她竭尽全力地帮我跟病魔做斗争。同时，她还为我争取了一份时间自由支配的兼职工作，那个时候，我的简历上只有餐厅服务员的工作经验。她那是付出了多少努力，才给我找到了一份工作！年度最佳女朋友奖授予格蕾塔·约翰逊，她把从艺术学校退学的瘾君子又带回了正常的生活轨道。彼时，她那个一贯工作狂的男朋友（还不是未婚夫）正开着货车在欧洲各地巡演，跟他在摇滚音乐会上认识的新朋友，度过每个乌烟瘴气的夜晚。

找到现在的这份工作之后，我最终还是搬到了布鲁克林。戴维和他的乐队又巡演了一年，这次他们几乎快破产了，他才回到纽约想方设法凑足了沿途的各项租金，但我们都知道，格蕾塔是全力支持他的。我不觉得没钱会对他造成多大的困扰，我们家一直游走在贫穷与破产的边缘，就算从我们的粮票里省钱，也是能挤一分是一分。他是要去周游世界的，按照他的说法，格蕾塔飞到日本去看他，那是一个她一直渴望造访但却从未抵达的国度。接着，他又去了澳大利亚和新西兰，从南半球回来之后，他向格蕾塔求了婚，她幸福地答应了。

他们在北部地区的一个农场举行了婚礼，双方父母就只有我妈妈出席了婚礼。我爸爸，那个头发灰白的智者、爵士乐歌手、瘾君子，多年前就去世了。格蕾塔的父母也是，一个死于心脏病，另一个则是罹患癌症过世的。他们都是英年早逝。婚礼上，格蕾塔向缺席的他们举杯，在场来宾都哭了，即使是那些听都没听过他们的人，也都泪流满面。新娘头上戴着鲜花，新郎没有打领带，而我则跟戴维乐队的另一个成员上了床，不过这一次没被任何人发现。

他们婚后的几个月，在高朋满座的感恩节晚宴上，格蕾塔宣布她怀孕了。然后他们就开始规划未来的生活：戴维不会再回去做那份薪水很低的临时工作了，他打算做一张个人专辑，自己推广销售，这样他大部分时间就都能在家里了。他的一些朋友就是自己创业的，比起隶属于唱片公司，他们现在的生活比从前好多了，其实他们也不知道像他这种情况该怎么办。他要一个人在家照顾宝宝，格蕾塔还要在杂志社继续上班，并且她现在还升了职，这其中有一部分原因在于面对戏剧化的人生时，她表现出的那种坚忍的北欧人种特质。

格蕾塔服用了产前维生素，怀孕期间她的脸上散发着粉嫩的红光，头发像狮子的鬃毛一样浓密，在她的准妈妈"灵浴"礼上，我把她的秀发握在手上，"你这头发哪里是人类能有的？"我说。"肯定是别的动物毛发长她这儿了。"我哥哥笑着调侃道。临近预产期，我问她："你真的准备好了吗？"说着，我抿了一口酒，那是我那天下午喝下的第三杯含羞草鸡尾酒。"嗯，准备好了！"她坚定地回答我。她轻轻地抚摸着她那身怀六甲的巨肚，"快点出来吧，小宝贝，我们都好期待见到你呢。"她温柔地说，一脸慈爱。

一个月后，格蕾塔生下了一个女孩，他们用格蕾塔母亲的名字给她取名西格丽德。西格丽德一生下来就病得很重，她有先天性心脏缺陷，很不起眼，也很罕见，甚至都检查不出来。紧接着她就开始出现一连串的中风症状，其中一次中风对她的大脑造成了不可逆转的损伤。医生说，她大概能活到三岁，能活到五岁都算是幸运的了，这个孩子在人生大幕拉开之前，就已经注定要惨淡收场了。

西格丽德刚出生的那几年里，我一直很努力地去了解这个孩子。周末晚上，为了让格蕾塔和戴维能单独出去透透气，去酒吧喝一杯让他们更加坚定脚下路途的烈性酒，我就自告奋勇地来照顾她。我把她放在他们家厨房的餐桌上，身下垫了一块小垫子，她躺在那里一动不动，我就轻轻地握着她的小手。我跟西格丽德聊天，跟她讲我这一天的生活，但是我并没感觉到她有明白我在说什么，甚至她压根儿就没有认出我。我既无法了解她，也无法让她了解我，不过，格蕾塔和戴维坚信他们了解她，我想他们那不过是自欺欺人罢了。

　　我哥哥把他能做的事情都做了，孩子需要的所有辅助措施：通过管子进食、注射、抹药膏、拥抱、祈祷等等。他们带她出门时，总是小心翼翼地把她抱到婴儿车里，她是那么娇嫩，那么小巧，戴维经常跟她在一起，大部分时间都在照顾她。"我原本以为我会跟公园里那些带着孩子一起玩耍的爸爸一样。"他有一次对我说，眼里流露出无法藏匿的悲伤，一种他从不允许出现在自己脸上的表情。"公园里的酷爸爸，"我说，"戴着酷酷的眼镜。""我要成为最酷的爸爸。"他说。

　　格蕾塔的杂志滞销了，更糟糕的是，没有一个人购买戴维的新唱片，因为现在人们已经不再购买任何唱片了，巡演更是不可能，谁来照顾西格丽德呢？格蕾塔找了一份自由职业的工作，但她也只是一个被雇用的人，时间安排上再也没有弹性了。我妈妈还要工作两年，尽管她主动提出早点退休过来帮忙，但格蕾塔还是拒绝了，绝对不行，因为她是格蕾塔。他们担负不起太多的儿童保育费用，仅存的那点积蓄很快就会被用光，我们一家马上就要撑不下去了，可我们仍然深爱着彼此，即便我们每个人都深陷囹圄。没有人过得幸福，没有人是健康的，我不能替任何人多说什么，只能像这样一杯接一杯地灌酒，醉得像条死鱼。

后来，格蕾塔不知打哪儿来的一个远房亲戚过世了，给她留下了一笔数额不大的钱，还有在新汉普郡的一栋房子，那附近约一小时车程的地方，有一家享誉盛名的儿科医院。经过简短的讨论之后，他们决定搬家。（我妈妈不开心了，特别不开心！）他们厌倦了这座城市，厌倦了在这里的生活，不管年轻漂亮的时候曾经在这里得到过什么，这座城市都不再属于他们了。退掉了他们的公寓之后，打包了所有的挂画、书籍、乐器，还有永远沉睡的宝宝，他们搬到了一个除了彼此谁也不认识的小镇。格蕾塔觉得那是一个新的开始，而戴维却觉得那是炼狱，但不管怎么样，他们对纽约有一个共同的认知：纽约简直烂透了。

我帮助他们搬到了那里，戴维开着搬家公司的车，而我开着他们紧急从网站上买的旅行车，格蕾塔坐在后座上照看着孩子。我们一大早就出发了，那是1月，地面上还残留着一大堆雪，很大一堆纯净雪白的积雪，不过有人已经在通往那所房子的小石子路上清理出了一条小道。我开着车缓缓前进，从而保证孩子不会受到颠簸，但偶尔还是会有坑坑洼洼的路，汽车行驶得并不是很平稳，格蕾塔抱着孩子蜷坐在后座上，时不时地小声怒骂着。

那栋房子像一个摇摇欲坠的砖体怪物，从外面看上去很不平衡。中间有一扇红色的大门。我从旅行车里出来，戴维也从大货车上走了下来，我穿过房子一侧的雪地，而他则从另一侧绕了过来。远处有一座山，附近有一小片树林，那些树看上去很干枯，但却很密集。天空灰蒙蒙的，笼罩着浓重的雾气，但却一点也不阴郁，隐隐透着淡紫色的微光。

戴维盯着房子旁边的一个破败的小棚屋，"我这是在哪儿啊？"他激动地说，"我现在要住在这里了吗？我有一个小屋，你看看我的小屋。"这儿再也不是炼狱了：他有了自己的音乐工作室，我看着他把他的电唱机和纸板箱径直搬进了那个小棚屋里。

大概收拾妥当后，格蕾塔驾车送我去火车站，那天晚上，我打算去见以前的一个男性朋友——亚历克斯（Alex）。他是我在波士顿读研究生时认识的，从我知道自己要去新汉普郡，我们已经连续短信联系有一个月的时间了。他有过一段短暂的婚姻，用他自己的话说，那是一段野蛮的、极端的人生，就像一首总是萦绕在耳边的朋克歌曲。他一直跟我说，想请我吃顿牛排，多汁的牛排很快便成了我们通信过程中对其他东西的隐喻，真的很恶心，但是我不在乎。我哥哥有一个身患重病的孩子，我母亲很沮丧，除了生命中其他那些糟糕的事情之外，我还非常讨厌我的工作，如果他愿意付出的话，我很乐意变成他的牛排。

格蕾塔向我表达了谢意，她紧紧地握着我的手，我都能闻到她身上那股忙碌了一整天后的汗味。她戴了一副新的眼镜，一副双光眼镜，没有化妆，穿着一件款式简单的运动衫和牛仔裤，过去的格蕾塔已经不在了。"你知道所有这些中最艰难的是哪一步吗？"她说，"就是抛下我们的家人。""我们会经常过来看你们的，"我宽慰她，"你可以给我们打电话，或者我们长途跋涉，开车来看你们，但可能不会选择周末或假期啦，因为那个时段的交通状况简直是烂到家了。""说话别总这么没正经。"她佯装责备我，离别的忧伤不经意间好像化解了些许。"答应我，要经常过来看我们。"她抓住我的双手握得更紧了，"你保证，会经常过来玩，来看看我们。"她再三恳求。我郑重地做了保证，然后就乘车去了波士顿。

上次见亚历克斯还是两年前，虽然我们经常通信，有一次他要我给他发一张裸照，我笑得下巴都抽筋了。从那次帮他们搬家之后，我也只是偶尔去看看戴维、格蕾塔和西格丽德，主要是当我发现自己都已经满目疮痍时，真的不想再去分担他们的悲伤了。尽管我们之间还保持着联系，但好像所有的事情都安定下来了，静得像一潭死水，我还是愿意相信一切都很好。我邀请他们过来拜访，我妈妈也经常跟他们说让他们回来看看，但他们总是有这样那样的理由拒绝，后来他们甚至连理由也不找了，直接拒绝我们的邀请，我们也就不再邀请他们了。我每周都会跟我哥哥通电话，他声音低沉，很平静，身后的房子也很安静，没有任何来自街道的噪声，没有警笛声，没有汽车鸣笛，楼下也没有粗鲁的纽约人在争吵，我能想象到笼罩在他们家上空的甜蜜、静谧而平和的气氛。格蕾塔在他们家的花园里拍了几张照片，上传到了脸书上，她要播种的种子全都被贴好标签排成了一排。他捕捉了她的一个镜头：她戴着太阳帽，眯着眼睛蹲在泥土旁。他们没有上传任何西格丽德的照片，只记录了其他方面的生活，扎根在土壤中的成长。

第二部分

构筑新的生活

英迪格，我想，我会想念你的，当你老去，当
你有一天优雅地老去，我依然会想念你。

英迪格有宝宝了

　　英迪格有了宝宝之后，我好长一段时间没有去看她了，并不是说我对看望她的孩子这件事不上心，而是因为我对任何孩子都不上心。我也知道会发生些什么，因为以前经历过类似的事情，要是哪天我去看了那个孩子，那就算是我已经跟那孩子见过面了。我要在他还是婴儿的时候去看看他，这样等到有一天他长大了，或者至少不再是个宝宝了，再见到他的时候，我就可以跟他说："我还记得你那会儿这么大。"这是将来某个假日派对上的场景，也可能是在某个咖啡馆，或者更现实一些来说，是在某个街角，两个成年女人就一个孩子体格的大小眉飞色舞地聊着天，而那个孩子则一脸漠然地牵着妈妈的手，对她们的谈话丝毫不感兴趣，"以前你还很小，一眨眼都那么大了呀!"

"你为什么还不来看看我的宝宝?"英迪格给我发了一条手机短信,虽然没有责备我的意思,但字里行间透着深深的哀怨。"我一整天都会待在家里,哪儿也不去,只有我和孩子,所以你赶快来吧!我们在这儿等着你!"

我看望过这个孩子以后,接下来的很长一段时间里英迪格的生活都会变得非常忙碌,我敢说,五年左右她都抽不开身。孩子稍稍大一些后,她才有时间跟我见面,而且她会非常渴望再见到我。时间都去哪儿了?我都干了些什么?噢,对了,我忙着做妈妈了。但到那个时候,我会变成另一个样子(变得更糟,或者可能还是老样子),她必然也不复当初模样,我们都将以全新的视角审视着陌生的对方。你有了一个孩子,而我还孤身一人,我们又坐在了一起,你还记得那时候……记得!当然记得。

我给她回了短信,但我不需要具体回答她的问题,况且,她那个反问语气也不是很强烈,"我周六过去看你"。我取消了跟妈妈共进早餐的计划,和我的咨询师商量把上午的心理疏导疗程提前了一个小时。

我知道,从我去看那个孩子的那一刻起,我和英迪格的友谊就结束了。我曾经很珍惜跟她的友谊，她是我最好的朋友，物质上是，精神上也是，她总是那么健康。她辞掉了待遇优厚的工作，选择成为一名瑜伽教练，不再食用任何奶制品，而她在得失之间所做的取舍，都体现在她闪亮洁白的牙齿、浓密而有光泽的秀发，以及她那闪耀着奢华焦糖色的皮肤上。不管我患了什么样的疾病，她都会建议我采用草本疗法，或者做一次特定的拉伸。我和英迪格在她家的客厅做下腰拉伸，感觉全身的血液都会涌上脑部，我想：我一直就想要一个这样的朋友，英迪格，我会想念这些下腰动作的，它们真的帮我释放了很多压力。

我去了隔壁的儿童用品店，那儿挂满了琳琅满目、颜色鲜艳的儿童商品，那样活泼的环境，忽然让我觉得很开心。我给那个孩子买了一本《爱心树》，这是一本关于"付出"和"索取"的儿童绘本，讲述了一个耐人寻味的故事：一个自私的孩子无止无休地吸取着一棵大树的生命，大树默默地奉献着，却不图一丝回报。（我一直觉得那棵大树其实并没有什么特别的意旨。）可这是一本买给宝宝的书，总要被赋予点内涵才对。我敢肯定，这本书英迪格起码有五个版本了，我已错失了成为第一个摘葡萄的人的机会。我还买了一个玩具兔子，小兔子毛茸茸的耳朵被一张彩色薄纸包裹着，装在礼品袋里。我知道她已经有各种各样的毛绒玩具了，大差不差。我没什么新奇玩意可以给这个孩子买的，但不管怎么说，我都应该要给这个孩子带点什么过去。处子之身之于众神，正如毛绒玩具之于一个新生婴儿，如果我把这个礼物供奉在神坛上，你们能许诺我永远不会怀孕吗？我定要拿到这两件礼物的"收据"。

在心理咨询室里，身体也觉得百般不对劲，我垂着脑袋，肩膀无力地耷拉着，弯腰坐在深色的皮椅上。我本可以坐在沙发上的，但我想抵制住这些诱惑，不要蜷缩成胎儿的姿势，就那样死去。那沙发仿佛还在蛊惑我："安心地坐在我身上，然后放松地死去吧！"

过去半年来，我来这儿拜访过咨询师四次，今天是第四次。她不停地给我语音留言，暗示我应该预约前来。"你为什么没有登记就进来了？"她轻描淡写地说。我站在她的面前，甚至不敢看向她的眼睛。"我现在在你的办公室，这难道还不够吗？"我想跟她说，"我没有第一时间预约成功是吗？难不成，你也想让我的难堪重演吗？"

我承认，每次见过她之后，我都感觉自己元气满满，无比圣洁，然后就很有信心自己再也不用来见她了。但很快，我又会觉得浑身负累，她好像每次都能感知我的心理极限，每当我快要崩溃的时候，她的电话就来了。我从来没有接起过，我让她干等着，让她在电话那头着急，我也不知道为什么要迁怒于她，她只是在做她的本职工作。可不管怎么说，我现在不是应该比以前更好才对吗？毕竟已经七年过去了。

她问我现在过得怎么样。工作，还可以；哥哥，糟透了；最近，我感觉跟妈妈的关系亲近了许多，这样还挺好的，但是全家人都在为我哥哥生病的孩子忧心忡忡。我们谈到了我的感情生活，她一直很想知道，我到底想要一个什么样的男人，想要一段怎样的感情。她直截了当地问我："你到底想要什么？除非你清楚自己的目标，否则永远也别想找到幸福。"她在跟我说教爱的艰辛，我暗自思忖：你一点也不懂什么叫艰辛，女士。然后我对自己说：你真的一点也不懂什么叫爱。

我没有直接回答她的问题，而是向她一一交代了我人生中经历过的男人。多年前，我认识了一个男人，一个画家，很上进，喜欢异想天开，很可爱，穷得叮当响，我没兴趣把爱情寄托在他的身上，不过，有时候我们会一起出来喝喝酒。还有以前的一个邻居，一直都跟我短信联系，有时候也会见面，我们就在我家的阳台上一起喝酒。但他不会跟我约会，因为我是白种人，他是黑人，他拒绝跟白人女孩约会，我还是觉得或许我们这就是在约会。还有一个刚刚恢复单身的男人，一个住处跟我隔了十个街区的单亲爸爸，我在一次烧烤派对上遇到了他，我们发生过几次关系，他喜欢用力撞击我，就好像要冲刺性爱大赛的金牌似的。每当要离开他的时候，我又总是很犹豫，觉得自己的生活好像少了一块什么似的，他给我打电话，我每次都还不争气地回了过去。

"如果把他们都加在一块儿，就能顶得上一个男朋友了。"我说。"不，他们都算不上。"她说。"那也算半个男朋友。"我说。见我如此较真，她便也没再多说什么。她的膝盖上放着一个笔记本，但上面什么也没有写，最后我急得哭了出来，"我不明白你为什么就不能放过我呢！"我说。我好想再回到那个沙发上，我想，那个沙发简直棒极了。

咨询师问我，想不想再约她一次，我跟她说，等我确定了自己的行程之后再给她打电话，我对她撒了谎，不过我们都心知肚明。离开她的办公室之前，我去了趟卫生间，这样我可以在眼睛里滴几滴眼药水，如果英迪格知道去见她的孩子竟会让我如此难过，我就死定了。我们看到他的时候，都应该感到非常喜悦，那个孩子是如此圣洁、无瑕，他还没有染过一丁点世俗的尘埃，他不需要了解任何关于人生的迷茫，或是家庭危机，更别说考虑不甚默契的性伴侣的去留问题了。

　　英迪格住在特里贝卡，他们家的阁楼公寓位于一栋精致、古老而富丽的楼房顶层，公寓的内墙上刻满了细密的建筑花纹，看上去很是浪漫。她家的客厅里有两根巨大的柱子，我进去的时候，她正躺在沙发上，裹着白色柔滑的丝织物。我看不清楚她到底穿的是连衣裙，还是衬衫搭配裤子，还是什么别的，也看不清楚这衣服的前后左右。一个老式的金属风扇直立在地板上，向附近递送着凉风，她那质地柔滑的丝织衣物也在轻风中飘动着。她的怀里抱着一个裹在襁褓中的男婴，他不像他妈妈那样，有着深色的皮肤，不过还是有些棕黄色，他的头发是显眼的铂金色。

　　"看看，这小家伙简直漂亮极了！"我说，他的确很漂亮，"像一个下凡的小天使。"

　　英迪格报之以茫然的微笑。"原谅我，刚刚一直在做晨间冥想，"她说，"我妈妈刚刚回特立尼达去了，我正在努力回想她来我家照顾我之前，我是什么样的。她不喜欢纽约，特别不喜欢，所以她来这儿之后，就不愿意出门，她只想跟宝宝在一起。我再三劝说她出去走走，但她反问我，'我能去哪儿呢？''妈妈，你到底想在纽约城里看到什么？你又想在这个美丽的世界，看到什么呢？'"

英迪格，我想，我会想念你的，当你老去，当你有一天优雅地老去，我依然会想念你。

就在这时，她好像又想起了些什么，想到她究竟想变成什么样子，瑜伽师英迪格，"当然，我一直都很感激她对我的付出，她投入了那么多时间和精力照顾我和孩子，我心里是感激的，我……"她看向她的孩子，眼里流露出至深的母爱，几乎是炽热无畏的。求你！别说了，我在心里默想。"上帝保佑！"她重重地叹一口气。

但是，我想，没有你，我也要坚强地活下去。

她的宝宝名字叫埃夫拉伊姆（Efraim）。"那好像是一个老男人的名字，"我说，"像是《圣经》上某个以身殉道的老先知。"

"我们本来打算叫他泰勒（Tyler）的，但他一出生那会儿，当我们看到他的眼睛时，感觉他已经一千多岁了，我就说，叫埃夫拉伊姆吧。"

"你喜欢现在的生活吗？"我问，"有了一个孩子，做妈妈的感觉怎么样？""我觉得我的整个世界先是化为一点，然后又重新张开，我的整个灵魂和思想都焕然一新了。"

　　我并不十分明白英迪格的意思，便一笑置之。她认真地眨着眼睛，冲我微笑，她不觉得这有什么好笑的，她正在"英迪格星球"上，而我几乎从未到访过那里。

　　"托德是怎么想的？"我问她。

　　托德是一个投资银行家，他很好，他来自西雅图，原本是要成为一名医生的，而不是银行家。为了帮助突尼斯（Tunisia）的孩子们他开始办理小额贷款业务，那是他大学期间做志愿者时去过的一个国家，从那儿回来之后，他就变成了基督徒。后来他也不那么笃信基督了，十年间，他把他的华尔街基金作为火种在特里贝卡点燃了自己的灵魂，后来他遇到了英迪格，而现在他们有了这一切——阁楼公寓、婚姻和孩子。

　　"托德完全爱上了我们的埃夫拉伊姆，真的是很爱，你可能从来都没见过比他更爱自己孩子的男人。他每天早上起床，在去上班之前，都会带着埃夫拉伊姆在附近遛遛弯儿，走到哪儿都炫耀他的儿子，真的很窝心。"

　　孩子哭了，英迪格把手伸进那件裹了很多层的真丝衣服里面，很轻松地拉出一只硕大的乳房，产后，她的乳晕变得很大，乳头也直挺挺地凸出着。她的衣服包裹着她，而她则把孩子抱在怀里，让他安静地吮吸着母乳。

"你怎么样？"她突然问，"你过得怎么样？告诉我外面都发生了些什么？我真的迫不及待地想要了解一切。"

"我刚刚还去见了我的咨询师。"我如实回答。

"我都不知道你又回去接受治疗了。"她说。

"我没有，"我无力地辩驳着，"呃，我正在尝试，我不知道，我想应该是过去又卷土重来了吧。"

孩子大声地嘬着她的乳头。

"有时候，可能只是觉得有个人谈谈心挺好的。"

"你用不着跟我推销心理咨询，自从我们半周年纪念日那天，托德和我就一直在接受心理咨询，那是他送给我的礼物，他给我们俩预约了这个城市最好的两性心理咨询师。"

孩子还在不停地吮吸着乳汁。

"我们主要谈的是我的人际关系，"我说，"那个女人和我。"

"那挺好的。"她说。

"不过，实际上我根本没有什么人际关系，"我无奈地说，"只有一堆零零碎碎的琐事。"

"那只是一个开始。"她一边抚摸着孩子的头，一边跟我说。

"我想我这一生大概要孤独终老了吧。"我垂头丧气地说，心情又开始变得无比沉重了。

"如果你享受独身，那自然是好的。"她说。

"我也不知道自己是不是想要独身，只是觉得我可能会单身一辈子。"我说。其实大部分时间我都是单身的，这很复杂，我不觉得自己身上有任何传统的痕迹，可我还在约会，跟不同的男人发生关系。

"你并不是一定要跟谁在一起，那不能定义你的价值。"她说，在她丈夫买的那栋价值两百万的阁楼公寓里。

"我明白。"我说。

人们每时每刻都在构筑新的生活，我知道，因为一旦他们找到了自己的新生活，我就再也见不到他们了。他们有了自己的孩子，或者搬到新的城市去了，又或者仅仅是到了新的社区。你有可能会讨厌他们的爱人，也有可能他们的爱人讨厌你，还可能是他们开始上夜班，或是开始训练马拉松，或是他们再也不去酒吧了，或是他们开始接受治疗，或是他们发现自己不再喜欢你了，抑或是他们死了。这种事情经常发生，我只是我而已，我没有给自己构筑任何新的东西，我是那个被所有人甩在身后的人。

　　"事实上，你从来都不孤独，你身边有很多关心你的人，"她小声对我耳语，"还有很多支持你的力量。"英迪格永远都是我最忠实的粉丝之一。

　　她抱起孩子，把他放在她的肩膀上，一边轻拍着正在打嗝的宝宝，一边给我做着思想工作，紧接着我意识到，我居然一直在哭。这不公平！如果一开始没有接受咨询师的疏导，我就不会哭，它让我心里那个倔强的齿轮松动了，这不是我的错，我想告诉英迪格，这不是我的错，是别人的疏忽。

　　英迪格给我递了一杯酒，但是我谢绝了，因为已经上午十一点了，虽然我过去是很喜欢喝酒，并且几乎没有任何时间限制。

　　"我很好，最近我的作息莫名其妙地规律了不少。"

　　"你真的好长时间没来看我了，我觉得一定是哪里出了问题，或者你可能生我的气了。"

　　"没什么问题，"我说，"我不能说自己的生活出了什么问题，如果一定要说有什么问题的话，那就是我讨厌这样一成不变。"

　　她把孩子递给我。"喏，"她说，"抱着埃斐（Effy），他是我知道的最好的心灵净化者。"我宁愿来一杯酒，但我还是抱住了埃斐，他像所有初生婴儿一样圣洁，身上散发着甜甜的奶香，他的头发像花瓣一般柔软。好吧，让我看看你都有些什么能耐，孩子，让我看看你都知道些什么。英迪格在后面弄出了咕咕的声音，风扇依旧在她身后颤振运行着。我看向他的眼睛，她信誓旦旦地跟我说那里有智慧，我从没有在这个年纪孩子的眼睛里看到过智慧，但是，有那么一瞬间，在这个孩子温柔的存在里，在他一尘不染的圣洁里，在他真空无负重的世界里，我感受到了轻松。

　　我暗自心想，你什么也不知道，你真是个幸运的孩子。

伊夫琳

　　我妈告诉我她要搬家，最终她还是退休了，并且打算搬到新汉普郡，去帮助我哥哥戴维和他的妻子格蕾塔，帮助他们照顾那个生病的孩子西格丽德。她今年四岁了，濒临离世。他们住在一个没有犹太人的小镇上，这对我妈来说很重要，所以我单独指了出来，她不以为然地耸耸肩。"我孙女比犹太人重要多了。"她说。我们在市中心吃着鲑鱼沙拉和面包圈，现在我们大多数的周六都是这么打发的，在我家和她家的中间点上选择一个地方，我们就约在那儿见面。那鲑鱼呢？我想反问她，新汉普郡有鲑鱼吗？那我呢？我又比什么重要？

　　她开始谈起她对她公寓的安排。那个房租稳定的公寓，如果没有它，我们可能都无法走过贫困交加的童年。她不能退掉那个房子，我对她说。它是我们家永远不可分割的部分，我一直觉得有一天我能继承它，或者戴维回来继承。"我会把它收拾得干干净净再走的，"她说，"就现在。"说到哪些东西她会带走，哪些会留下来时，我感受到了一丝小小的恐慌。"但是我也不知道什么时候会回来，"她说，"可能一年后，可能是三年后，也可能永远都不会再回来了。"听她这么说，我突然什么也吃不下了，向前推了推我的餐盘。"我可能会爱上新汉普郡，我的生活会发生改变，郁郁葱葱的树林，还有那些令人心旷神怡的新鲜空气。"我再也见不到她了，今后，我只能自己一个人来，笑看那些把面包碎屑弄得到处都是的人，"罪人"，我妈妈常常这样称呼他们。

"安德烈娅，不要浪费，那是上等的鲑鱼。"我妈妈说。"那你吃了它，"我情绪不高，怨愤地对她说道，"等你失去它的时候，一定会很想念的。""新汉普郡也有很多好吃的。"她反驳道。

我有一种强烈的预感，她将会终老于新汉普郡，纽约是她的根据地，她的朋友，那些街道，那些列车、餐馆、公园、博物馆，还有无数免费的系列讲座。我妈妈喜欢听讲座，她和跟她一起走过激情岁月的最好的朋友贝齐（Betsy），每周至少要去听三次讲座。她们俩都有一头闪亮的灰白银发，坐在观众席的前方或中间位置，甚是突出。贝齐，无儿无女的贝齐，通常会给慈善机构织一条新的围巾，我妈妈则认真地听着讲座，时不时还会记笔记。她有时候会把笔记分好类，第二天通过邮件发给我和她的一些朋友。"只是想着把我昨晚听的讲座分享给你们。"每封邮件都是这么开头的，没有鲑鱼没关系，没有我也没关系，那没有讲座呢？

"不要离开我！"我说。"很多时候，改变是件很好的事情。"她云淡风轻地回答。"改变是可怕的。"我心中的怨念越发深重，想都没想就脱口而出了。"我陪伴你的时间已经够长了。"她依旧不咸不淡地回复我，我漠然地吃掉了那盘鲑鱼。

跟我咨询师的一段对话：

我："我妈妈要离开我，搬到新汉普郡去了。"

咨询师："那你对此有什么感觉呢？"

我："这让我觉得她并不爱我。"

咨询师："她没有向你证明过她爱你吗？"

我："如何证明？"

咨询师："关心你，照顾你，支持你，给你勇气变成今天这样的你。"

我："你说的所有东西都需要一个信得过的证据，但是我能问你一个问题吗？"

　　咨询师："当然！"

　　我："你到底是站在哪一边的？"

　　一周后，我租了一辆车，载她去新汉普郡，尽管我持反对意见。

　　她带了两个行李箱，几箱私人物品，我进去她的公寓看过，大部分是适合父母和祖父母看的育儿书籍，还有些关于建立信任方面的书籍。我这才发现原来我妈妈的一生是如此勤奋好学，她的思维是如此具有前瞻性。我拿着那些书入神地站在那儿。"把它们放在身边，会让我觉得生命中还有几许慰藉。"她说。我向她挥了挥手里的书，"老贝蒂（Betty）和卡里（Kahlil），现在谁还知道他们呢？"我说。"他们让我想起了一段难忘的时光，"她意味深长地说，"他们让我想起了你的父亲。""好吧！"我说，"我们走吧！"她最后看了一眼这个住了好些年的公寓，平静而淡漠地向虚空告别。我们俩离开了公寓，把它尘封在密不透风的黑暗里，任时光的钥匙将其解封。

　　上路的前两个小时，我们一直在听 NPR（美国国家公共电台），用一种合情合理的语调报道坏消息，竟然还能让人感到一种莫名的安慰，我妈妈有一搭没一搭地做着评论。她几乎把 NPR 电台销售的所有商品都买了个遍，但也有过片刻的迟疑：对她来说，有些商品广告看上去就很肤浅。"如果他们有更多的时间讲完这个故事，下面还能发生点什么呢？"她好像很愤懑，"多给那些为我们种蔬菜的人两分钟的时间，能要他们的命吗？"我对此不置可否。

她让我在康涅狄格州的一个休息站停下来喝杯咖啡。"咱们坐一会儿，来这儿，跟我坐在一起，我的宝贝女儿。"她微笑着唤我，我就在旁边的一个摊位那儿坐了下来，"一路上你都没说什么话。""我不想说话，"我说，"你要离开我，我觉得很难过，仅此而已。"

"你知道的，你一直不是很喜欢我，三十岁之后才好一点。"她回答说。

"嗯，没错，"我说，"在我们这样的家庭长大，有时候真的很不容易。"

"跟你爸爸的那些年，我过得也很不容易，"她说，"后来我花了好长时间，才从那些阴暗的日子里走出来。"

"我并没有跟你要什么解释。"我说。我又想起了爸爸去世之后，家里举办的那些晚宴，来我们家的那些男人，我坐过的那些大腿以及那些人的目光。

"我只是说，以前我就不经常出现在你的生活里，接下来也就是恢复到过去那样而已。"她回到一贯漠然的态度，轻描淡写地说。

"此时此刻，你想安慰的到底是谁？"我突然大为光火，声调也提高了些。

上路之前，我们又去了趟卫生间，那里面弥漫着消毒剂的味道，难闻得令我感到一阵作呕。我妈妈提出要在那里跟当地工会探讨一些关于这个女孩的情况。我独自一个人走向车子，跟每一个我认识的单身朋友发送了如下消息："我妈妈正企图用她的感情'谋杀'我，请大家施以援助之手。"

一路上，我们什么也没说，车里的空气仿佛凝滞了一般，穿过马萨诸塞州线的时候，她终于打破了沉默："有些事情我们需要讨论一下。"

"不要，"我没好气地说，"我现在跟你没什么好谈的，也没力气跟你谈。"

"安德烈娅！"

"好！你说吧！"

"如果我得了很严重的那种病，真到了无可救药那一天，我希望由你来拔管（拆去维持生命的设备）。"

"什么？不，我不想谈这个。"

"我在请求你为我做这件事。"她郑重其事地说，语气加重了很多，"每个成年人都要面对生离死别。"

"那为什么不让戴维来做这件事？"我问。

"戴维有他自己的生离死别需要面对，"我妈妈说，"他有自己需要经历的考验和磨难，现在，你也要经历你的了。"

"我还有很多问题需要面对。"我说。

"另外，我也没指望他能尊重我的意愿，但是我知道，如果那天真的来临，你会帮我完成的。"

"你为什么就这么笃定我会做？"

"难道你没有想过要杀了我吗？"她半似无力，半开玩笑地说。

"哈哈……"我没有正面回答她。

"哈哈……"她也随着我，一同笑了起来。

"最近我们为什么总喜欢聊这么悲伤的话题呢？"我说。

"等你有一天老了，也要面对同样的事情，你不得不考虑疾病、死亡、行将就木等这些问题。正如当初我为我爸爸和妈妈做的，我也是那个拔管的人，如果这样说能让你觉得宽慰一些的话。你不要因此感到自责，这跟你是好人还是坏人没什么关系，只能说明你是一个信得过的人。"

我们继续行驶了两个多小时后，从高速公路上下来了，换行了一条时速要求稍慢些的公路，后来又拐进了一条更崎岖蜿蜒的路。我们的车驶过一大片湖泊，那段路面铺满了落叶，在这片被染成紫罗兰色的湖水边，我们的车速不禁慢了下来。这可以称得上是一次愉快的旅行，像是一场告别喧嚣、回归静谧的逃亡。

越往前，道路变得越窄，开始是四条车道，然后变成了两条，有时候还只有一条；建筑物越来越矮，渐渐地，建筑群也没那么密集了，绵延几公里几乎看不到任何建筑，只有一望无垠的草木和森林；碧蓝的天幕下，万里无云，拖拉机、山羊、冷杉树、鸡笼、割草机、小巧精致的墓茔，这些景物像一幅画卷在我们眼前缓缓铺开。

我告诉妈妈，我们还有十分钟就到了。

"哎呀，我们好像忘了谈谈你的感情生活了。"妈妈忽然反应过来，言语中掺了几分遗憾。

"省省吧，女士。"我说。

我们现在行驶到了森林里，在开往他们家的最后这条路上，我可以听得到轮胎下滚过的每一颗碎石的声音。我嫂子，一个健康、美丽的金发女郎，她比以前健壮了些，头发也更浓密了，打开前门看到我们时，她显得十分惊喜。宝宝在她的怀里安然地睡着。这个孩子的心脏很不好，又有严重的脑部疾病，但她从未说出过一个字。我不相信在这个孩子的人生里，有过真正的清醒，但是我没有说，只是在她耳边轻轻地问候了一声，并亲吻了她。我妈妈紧紧地搂住了她，我们并肩走过林中那摇摇欲坠的砖瓦房子，一起看着孩子。后来我跟她们分开了，问嫂子我哥哥在哪儿，格蕾塔指了指后院，模仿他弹吉他的姿势，同时转了转眼珠。于是，我就找我哥哥去了。

走到房子的后面，就隐约听到了哥哥弹奏吉他的声音从那个小棚屋里传了出来，并且愈渐清晰。我敲了敲门，忽然惊起了小屋周围的一群蝴蝶，它们杂乱地环绕在绿树和青草之间。湛蓝的天空下，无边的密林在住宅不远处的薄雾中若隐若现，一条蜿蜒的小溪穿过草地，向丛林深处漫延开去，我哥哥还曾经将这条小溪指给我看过。

"是我，"我说，"你妹妹。"我想，他一定是在弹吉他独奏，要等到他弹完之后，才能给我开门。只要是你一个人玩的，怎么玩都叫吉他独奏，我就自己推门进去了。

里面有一套录音设备、一台笔记本电脑、一张贴在墙上的图形

贴纸，地上还有一块软垫。我哥哥正伸开两腿坐在垫子上，头上套着
耳机，手上抱着一把吉他。他的胡子很浓密，并且几乎全都灰白了，
他把他那秃顶的脑袋直接清理成了光头。棚屋里弥漫着淡淡的青草
香，我在他面前挥了挥手，"你来啦！"他惊喜地说，看上去既高兴
又有些绝望。他摘下耳机，站起身来，然后紧紧地抱住了我。

　　每当谈到他的音乐，我哥哥总称自己是无期徒刑犯，他永远也
不可能成为明星，这个我们都心知肚明。不管怎么说，出名并非易
事，是你想都不该去想的。那种昭然若揭的原生欲望是令人生厌的，
"你要想的，应该是如何做出好音乐这件事，"我哥哥曾经跟我说过，
"看着人们随之舞蹈，看着他们跟着一起唱，哪怕仅仅是因为喜欢而
来看你的演唱会，那都算得上出名。当然，也不能全算，不管怎么
说，不出名你也可以那样。"他自己在家做音乐，然后发布到网络上
售卖，每年筹备几次在纽约举行的免费公演。他那些头发花白又秃顶
的歌迷会过来捧他的场，买他的唱片，和他一起喝酒、合影，然后
再把那些照片上传到网络上，就好像某人看见一个幽灵，然后赶紧
捕捉下那稍纵即逝的画面，想要向世人证明自己所言非虚一般。"我
不能永远做这个，"我哥哥意味深长地说，"我是说，音乐还是要做
的，但总有一天我的演唱会将无人落席，他们都会老去、死去。""你

不也一样嘛！"我说。"你也是啊！"他不依不饶地还嘴。

　　我们一起吞云吐雾了一番，他给我演奏了一些他创作的音乐，我问起他年幼的女儿现在怎么样了，他跟我说："还是老样子，老样子，永远都是老样子。"那语气里充满了疲惫和绝望。"你和格蕾塔怎么样？"我问，他下意识地抓了抓胡子，又揉了揉眼睛，无所适从地拍了一下他秃顶的脑门，就好像这是个很难回答的问题，需要他绞尽脑汁才能想出答案。接着，他眼神空洞地看向远方，无奈地说："有时候她会觉得西格丽德变好了，但那种感觉很奇怪。""西格丽德永远不会变好的。"我毫不留情地戳破真相。"我知道。"他变得更沉默了，艰难地吐出了三个字。"西格丽德只会越来越糟。"我加重了语气。"你没必要再三提醒我这个。"他强压悲伤，不耐烦地对我说。

　　后来，我们离开了小棚屋，散步走回家，成群结队的蝴蝶也已了无踪影，只剩下一些不起眼的小虫和即将落山的太阳。远处的草丛里，一只小野兔欢快地蹦跳着。"这里好美！"我情不自禁地赞叹道，"在这儿生活一定很幸福。"他抬起胳膊，从后面搂着我，"可我过得很痛苦……"他有气无力地说。我妈妈和格蕾塔站在纱门旁边，妈妈怀里抱着孩子，一个永远长不大的四岁孩子，动作怜爱而轻柔。格蕾塔的眼睛里充满了悲伤，那是一种深沉而无路可退的悲伤。"但是，妈妈现在来了，"哥哥走过去安慰她说，"我相信事情一定会有转机的。"

晚饭过后，夜幕便降临了，满天的星辰像无数闪闪发光的宝石，我喝光了他们家所有的酒。我和妈妈同住在客房里，准确来说，这现在已经是她的房间了，我想。在睡觉之前，我告诉她，我知道她在做什么，以前她把心力都放在我身上，现在，她要好好照顾戴维和他的家人了。"但是我真正想要了解的是，你自己的需要呢？"我说。

"我这一辈子，早就已经受够自己了。"她面对着墙壁幽幽地说，那声音仿佛来自另一个世界，然后她对我说她爱我，让我早点休息。"早上，我们可以拥有全新的一天，"她说，"而现在呢，是睡觉的最佳时间。"

"你这也只能说给小孩子听听，"我像是铁了心要跟她唱反调，漫不经心地说，"我还想听你多说一点别的呢。"

"安德烈娅，够了！"她轻斥我，"你知道，你现在做的远比你以为的要好，没有我，你也可以活得很好。"

"我不行。"我说。

"好吧，就算你现在不相信自己，但我还是坚信：你已经长大了。"她翻了个身，声音也离我更近了，"管好你自己，安德烈娅，你已经三十九岁了，你可以做到的。"

"我会试试看。"我说。

"还有一件事，"她好像突然想到了什么，补充道，"我看你都没有抱过孩子，你以为我没注意到，但我还是发现了。"

这回，我完全无话可说。

"明天你抱抱那个孩子。"她语气平稳，但却有种不容置疑的威严。

"我也是个有病的孩子，谁来抱抱我呀？"

第二天，我早早就离开了，没有惊动这栋宅子里的任何人，我写了张字条："公司有急事，先走了。"但后来想想，我还是把它扔了，因为没有人会相信这显而易见的鬼话。大家都知道，我很讨厌我的工作，也没发现我有什么需要紧急处理的事情。于是，我又写了一张字条："我亲爱的家人们，我走了，再见！谢谢你们，我爱你们！"这些话无可辩驳，都是我的真实感受，想到它时，心头还泛起了阵阵暖意，后来我又在底下画了一颗心。我出门后，又绕回到屋后去看看那些早起的鸟儿，沐浴在晨曦中的树木，清新洗练的天空，所有的一切仿佛一曲浑然天成的管弦乐曲，它们的存在，让我感到无比轻松。啊！这美妙的早晨！小屋里传来了轻音乐声，我敲了敲门，哥哥为我开了门，他还穿着睡衣。"戴维。"我轻声唤他，紧紧地拥抱他，跟他告别，他把头埋在我的颈间，小声地抽噎着。"好啦！好啦！"我拍拍他，安慰道，"你能一直拥有她的。"

最后一个男人

我去参加一个艺术展，那是我的朋友马修（Matthew）举办的个人展览。研究生时代的一段很短暂的时光里，他曾充当过我的男朋友，那时候我还是个画家，或者至少我还渴望成为一个画家，对我而言，"画家"一直是一个工作头衔。不过，那已经是好多年前的事了，就算现在再怎么回忆，我们都回不去了。

马修高得有点离谱，差不多有六英尺五英寸（约196cm），而且很瘦，看上去颤颤巍巍的，一副不中用的样子。他的画既反映了他从"木秀于林"的视角看到的世界，又反映了他那种忧伤的气质。他画了很多从俯视视角切入中心的空洞，而那些洞穴深处，是深沉的黑暗。每当我看到他工作的时候，总会忍不住想要问他："你还好吗？"

但这时向另一个画家问这样的问题会很鲁莽，毕竟我跟他并没有什么至深的交情，即使有，画画时收到那样的关心也不是很好。

在画廊里，我注意到没有一幅画被贴上圆形的红色贴纸，这就意味着他一幅画也没卖出去。唉！可怜的马修！我决定多少买点什么，在美国公司上班的这些年，我早已还清了当年的助学贷款，也算得上是一个成熟女人了。虽然住在廉价的公寓里，但我的银行账户上还有些积蓄，如果我想的话，一幅画我还是能买得起的。于是我选了一幅画，画上是一个极尽渲染的黑洞，让人有种看一眼就会被吸进去的错觉。实际上，那幅画的构思相当精巧，他在画的底端又画了一个不起眼的亮白色圆圈，像是要在那里为这个黑洞开出一条生路。我把我的信用卡递给了画廊老板，现在我也是个买画人了，我想，不再是那个只会画画，待价而沽的艺术家了。

十分钟后，我和马修站在画廊前面，我们的手里各持一瓶温啤酒。"你现在看上去过得很不错呢。"他说。"你也一样啊！"我说。为了这点小小的胜利，我们欣慰地彼此碰了瓶，我们都在成长，但却并未变老，这样真好。

我问他，是否对自己的画展感到激动。

　　"嗯，怎么说呢，你是唯一买了我画的人。"他惆怅地说，"我一个月的电费有着落了，真的非常感谢你，但也仅仅是公寓的，不是工作室的，所以我想我的工作室可能要倒闭了吧，唉！上周末我的室友搬了出去，也就是说，我现在只剩下一个室友了，我快四十岁了，还有一堆个人问题需要处理，并且我到现在还没还清研究生时期的学费。"

　　"但是今晚有很多人来啊，"我试图安慰他，"来看你的画展！"

　　"不过是来攒点八卦，然后喝免费的啤酒罢了。"

　　"我真的是来看你和你的画的。"我郑重其事地说，"对我来说，这点啤酒不算什么，你明白吗？不算什么！"

　　"正因如此，你才是这个世界上我最珍视的人。"他说。其实这么说也不是十分贴切，接着他吻了我，我觉得他并不知道接下来要怎么做，他甚至都不知道自己为什么要吻我。吻了我之后，他后退了几步，他的瞳孔看上去好大，眼睛也很大，胳膊不受控制地颤动了几下，手里的啤酒也洒出了一些。他这一系列反应都让我觉得毫无防备，不过我喜欢这种不安的感觉，于是我们上了床。

　　那的确是一次充满爱意、甜蜜而轻缓的性爱，是一次20世纪70年代美国西海岸的沙滩性爱。他全身的每一个部位都蓄势待发，我也一样，极具深情地彼此交融之后，他抱着我，好长时间几乎一动也不动。我在他的身下粗喘着，然后，他把脸埋在我的胸间，急切索求，不自觉地轻哼了一声"嗯"，高潮即将来临的那一刻，他的动作越发霸道急切，我爱死这种感觉了，忍不住尖叫了出来，迎接这神圣的时刻。

"你叫得好大声。"他戏谑地说，我们刚刚结束激烈的性爱，竟有种好笑的精疲力竭。

"那是因为我很疼啊。"我不假思索地说，几乎是脱口而出。

"我的天哪，我伤到你了吗？"

"不不不，我是这儿疼。"我拍了拍自己的胸口说，"没什么问题的，我习惯了。"

他突然紧紧地抱住了我。

他的公寓简直像一个事故现场，衣服丢得到处都是，地板上布满了斑驳的油彩，书架上落了厚厚的一层灰。有那么一瞬间，我突然想：在这么脏乱的地方待了那么久，我本该有什么样的感觉啊？相反，对我而言这倒是种安慰：我有了一种让自己感到释然的混乱。我们都在成长，尽管可能还算不上真正的成年人，但我不再为任何我做不到的事感到压抑了。

第二天早上，我在他家待了好长时间，因为我们有了一番非常有趣的交谈——关于他的侄女。"她是一个很有抱负的艺术家，我在她这个年纪，比她差远了。"他说。他送我去乘电车，路上我们在一家咖啡店小坐了一会儿，他没有要为我埋单，我发现竟然是我主动为他埋的单。怎么就不能呢？区区两杯咖啡也花不了多少钱，这点费用对我来说是微不足道的。"别说我没对你好过啊！"我开玩笑地说。"我从来没说过，我不能，也不会。"他认真地说道。

"严格意义上来说，这是我这辈子见过最压抑的东西……"我的同事尼娜凝视着画廊网站上的一幅画，着了魔似的说道。

"那幅画上有很多有趣的线条，层次也很分明，"我不以为然地反驳道，"你应该靠近一点再仔细看看。"

"不要。"她否决了我的建议，然后又讨好似的补充道，"我可没说它不好啊！"

"嗯哼。"我淡淡地回道。

"我只是说它让人感觉很压抑。"她说。

接下来的那一周，马修邀请我去他的公寓共进晚餐，我发短信给他，问他要不要我带点什么过去，他回复我："你自己来就好了。"一小时后，他又回了我一条短信，问我能否带一瓶红酒过去。又过了十五分钟，他发消息给我："能不能带点面包过来？"我带了一瓶很昂贵的红酒和一大袋面包过去，我知道我们肯定吃不完，这样他就可以留一些做第二天的午饭了。我还带了一小瓶波旁威士忌、一块羊奶乳酪和一条黑巧克力，想吃的所有东西我都带过去了，我知道他那儿不会有。

　　我们吃掉了我带来的所有食物，还吃了他从社区农业技术支持农场带回来的粮食和蔬菜，其中有一样蔬菜特别硬，我们嚼了又嚼。"这个紫色的蔬菜是什么？"我问他。他叹了一口气道："我也不知道，我刚刚还在想要怎么煮它呢，我想把农场带回来的菜都用上，食谱上需要茄子，我应该买一个茄子的，不过，我现在没有钱。""我知道你没有钱。"我平静地说。他突然站了起来，径直走向冰箱，用力拉了一把，冰箱门竟然来回摆动了几下，冰箱里塞满了特百惠碗具。他跟我说，他会把所有的食物都一起煮了，然后每周解冻，热一样剩菜食用。"好节俭！"我惊叹道。"我现在主要吃上个月的蔬菜。"他继续说道。"我可以带茄子过来。"我说，"下次，茄子就包在我身上了。""我只能这么活着了吗？"他突然很沮丧地说。"过来，坐下。"我试图安慰他，"我们享受了一顿丰盛而美妙的晚餐，不是吗？"

我无法忍受一顿扫兴的晚餐，我跟很多男人睡过，不要问我他们的名字，但我绝不会草草地吃任何一餐。不要毁了我吃饭的兴致，我想这样对他说。

"过来，亲爱的。"然而我并没有那么说，只是很温柔地拉住了他，主动吻他，他也回吻了我。然后我们相视而笑，彼此靠得如此之近，我毫不怀疑那一刻自己完全被他眼里的情欲蛊惑了，以至于我竟然能够忍受他说的那些废话。

我跟他分享了我小时候家里发生的一些事，跟他说我妈妈以前经常会给我们弄一些米饭和大豆，并把那样的夜晚称为墨西哥之夜，还跟我们说，我们正在进行一个嘉年华。吃饭的时候，她教我们说西班牙语，还给我们表演了弗拉门戈舞。"但是我跟你保证，我们只是在吃米饭和大豆而已，因为我们当时真的是穷得叮当响。"

"但你们并不在意，不是吗？"他笑着说。

"我对吃的的确没有什么讲究。"我说。

"那我们继续吃吧！"他旋即说道。

但接下来，我们并没有继续用餐，我们做爱了，这次我们在欲望的更深处交合，彼此痴缠，难舍难分。我感觉到他是如此依恋着我的子宫，仿佛那里是最安全的港湾，他愿意永远沉睡在里面。我双手托着他的脸，我们深情地彼此凝视，不发一语。时间仿佛停滞了一般，冻结的空间在我们的眼前逐渐紧致，我感觉到整个世界都在收缩，那里面只有我和他，我们的身体紧密相连着，就好像山崩地裂也挡不住我们化为一体。咦，我突然觉得一阵作呕！

第二天清晨，我们慵懒地醒来，像老朋友那样彼此交谈，追忆着那逝去的似水年华。马修问我，研究生辍学之后都经历了什么，这比跟其他任何人谈起过去要好得多，比跟我的咨询师谈起它要好得多，比跟我在纽约的任何一个朋友谈起都要合适，因为他曾与我共同走过一段青春，即使那时他并不知道发生了什么。

"我以前真的是一点也不知道，"他说，"你一直在那儿，怎么突然就消失了。"

"我的导师放弃了我。"我说，每每想起她，都让我忍不住一阵心痛，从我生命中拿走希望的，不是一个男人，而是一个女人。

"我记得她，"他说，"她现在还那样，这么些年她哪儿也没去，一直在那里。"

"她还是那样杰出，"我平淡地接过话茬，即便她曾给过我如此刻骨铭心的伤痛，我还是一如既往地希望她好，"去年我还在一个艺术群展上看到过她的一幅画。"

"呃，'杰出'是一个与我无关的词汇，所以我对此一无所知。"他说。

"那你都知道些什么？"我不可理喻地看着他，轻声呵斥道。

几天后，我在糟糕的情绪问题中沦陷了，因为我真的恨死了我的工作，这毫无意义的工作简直烦透了。我约他在酒吧见面，在一家位于我们俩的公寓中间地段的酒吧，准确来说，我们喝了三杯，那天晚上我并没有任何想要跟他发生点什么的欲望。

"仅仅因为她放弃了你，真的不足以让你放弃整个追求艺术的人生。"他说，"我永远不会放弃绘画，永远，我不知道除了这个我还能做点什么。"

我们还在谈这个话题吗？是啊，我们还在谈这个话题。

"因为我那颗对艺术饱含爱意的心，早已经死了。"我无望地说，"当我感到自己再也无力撑下去时，就放弃了，我早已看破现实，如果我选择成为一个画家，我的一生将不得安宁。"

"那倒是事实。"他赞同道。他对自己处理挫折的能力总是倍感骄傲，他在自己的失败和挣扎里安之若素。

　　"我不想那样活着，"我继续说道，"我熬过了相当漫长而痛苦的一段人生，才变成了今天的我。那些日子我每天都要忍受被自己生生撕裂的酷刑，如果这不是我的个性和人生抉择，难道是艺术救了我吗？我可能会死。"我现在可能早就死了，我没有这么说，但我知道那是肯定的，我知道自己曾经多少次跟死神擦肩而过。

　　我们会在公共场所牵手，现在，这对我们俩来说已经习以为常了。

　　我打电话到新汉普郡给我妈妈，她已经在那个小镇上生活了九个月了。我告诉她，我开始跟一个男人交往了。"他是一个什么样的人？"她问我。我跟她大概说了几个关键点：他是一个画家，他很穷，但是也很善良，他很敏感，当他不那么压抑的时候，能让我感觉自己也还不错。"你知道他听上去像谁吗？"我妈妈说。"你都这么说了，不是我爸爸还会有别人吗？"我脱口而出。"我们还是聊点别的吧。"妈妈显然不愿意再继续说下去。

　　"你想聊点什么？"我问她，我妈妈深深地吸了一口气，然后做了一次瑜伽式的深呼吸。这次对话，我已经转错了一次话题，下面我一定要找对话题。"你在新汉普郡过得怎么样？"我说，"你去了以后有帮到他们吗？""他们还在努力对抗病魔。"我妈妈平静地回答，"你哥哥现在整天沉默寡言，我多想责怪他一点什么，可是发生这样的事又能怪谁呢？有些事情发生了就是发生了。""孩子怎么样了？"我及时阻止她悲观的情绪，"你在那儿帮得上忙吗？""没人能救得了那个孩子，"她的语气听上去依旧很颓败，"我这也做了，那也做了，能做的都做了，但是什么也改变不了，她快要死了。"

"我们还是来聊一聊，跟我睡过的那些男人是怎么让你想到我爸爸的吧。"我干脆又把话题扯回自己身上，"我真的觉得咱们聊这个会好一些。"

"我有一个更好的想法，"她说，"跟我讲讲你今天都做了什么，跟我说说纽约最近都发生了些什么。"我照她说的做了，我告诉这个在纽约住了一辈子，现在又把自己"流放"到都市生活的边缘，居于丛林之中的人：今天早上地铁真的很挤，我愣是错过了四班列车，才终于挤上车，而且我为此上班迟到了半小时；今天我去时代广场赴约，在那儿看到一队裸体彩绘的女人，摆着各种姿势跟游客拍照挣钱；我看到两个装扮成迪士尼动画角色的人在格斗；跟代理人开会忍受了轮番轰炸之后，我吃了一根热狗，后来又吃了一根，坐在布莱恩公园随处可见的长椅上吃的；附近还有人在表演弦乐四重奏，就在一个赞助商的横幅下面。"正是那段音乐拯救了我一整天暴躁的情绪。"我说。"你说的这些才真正拯救了我。"妈妈似乎又恢复了平静。

几天后，我跟妈妈商量，我应该把马修介绍给我的朋友英迪格和她那个有钱的丈夫，跟他们吃顿正式的晚餐。我给她打电话，说："英迪格，拜托，我们能不能去一个不那么贵的地方吃饭，因为他没什么钱。比如，我们可以找个氛围轻松点的地方，你还知道怎么放松吧。"然后她提醒我，她跟我一样也出身于贫民区，并一直对此耿耿于怀。她曾经在特立尼达贫民区住过一段日子，而特立尼达贫民区比上西区的贫民区糟糕多了。她说一会儿会给我回电话，告诉我在哪里订了位子，一小时之后，她给我回了短信，发了一张麦当劳的图片，并配文：七点见！

我给她回信息道："你这是在搞笑吗？"她立刻回复了我："我知道，对不起，我这儿遇到了一些棘手的事情。"我回她："你想跟我聊一聊吗？"她的信息很快就过来了："不了！"过了几分钟，她又给我回了一条："我会跟你说，但不是现在。"又过了几分钟，她又回我道："对不起！"然后她打电话给我，刚接通就忍不住哭了起来，她跟我聊了很久，谈到了她的婚姻。看到我朋友这般难过，我也觉得很难过。但同时我又感到前所未有的庆幸，我没有结过婚，也永远不会结婚，因为婚姻看上去像一份无比难搞的工作，那我为什么还要给自己找这样的麻烦呢？

跟英迪格和她丈夫共进晚餐的计划取消了，我蜷缩在马修家卧室里的沙发上，他在一把椅子边上坐立不安地走来走去。我跟他详述了关于英迪格婚姻的所有事情，然后我说："看到了吗？金钱并不能够给你幸福。"他依旧愁眉紧锁，不以为然道："你说得轻巧！""又怎么了？"我也有些不耐烦。他掏出了自己的钱包，双手古怪地颤动着，然后拿出一张写着"EBT"的卡片，"救济粮票，这难道还不算糟吗？"他颓败地说，仿佛全身的气力都被抽走了一般。

为了让他振作起来，我跟他讲起我们家也曾经靠领救济粮票撑过一段日子。那是某一年学校放寒假期间，我看到餐厅的桌子上放着一沓粮票，当时我并不是很清楚那是什么。我那时候还想，它们可能是游戏里的一种假钱，或者像一种专利商品，一个给我准备的玩具。那年我八岁，妈妈也没时间管我，可能是因为那时候她大部分精力都放在怎么养活我们上了，而且我爸爸对养家糊口这种事也帮不上什么忙。我那时候好像就已经有上艺术学院的潜质了，我把那沓粮票剪碎做成了冰柱，还做了很多小雪花剪纸，把它们全都贴在了浴室的镜子上。我妈妈看到之后，崩溃地哭了，接着我也哭了起来，然后我们俩就这么抱在一起，在浴室里放声大哭。然后不知道过了多久，她说话了，特别悲伤——天哪！我到现在还记得她那种语气，她对我说："我真的快撑不下去了！我需要一点点帮助！"我自豪地跟马修完整讲述了这个故事，那些糟糕的童年经历，正是我的过去。

"我知道你在安慰我，想让我好受一些。"他依旧情绪不高，"但却没什么用，我们的悲剧不尽相同，你跟我讲了你经历过的一些事，我跟你说了我的过去，我把自己困在了这里，在这个暗无天日的黑洞里。"

那天晚上我们并没有做爱，但睡在了一起，紧挨着躺着，谁也没动，直到他缴械投降，先碰了我。我们亲吻着道了晚安，双手紧握在一起，过了一会儿，又分开各自睡去。

蜜月期已经结束了，我想，但至少它比我以往那些恋情都要长。

后来再次见到马修的时候，我跟他说，想请他出来吃个晚饭，我饿了。"我不想聊别的，"我说，"只想吃点东西。"在我家隔壁的一家经典牛排餐厅，我们点了丰盛的一餐：菲力牛排、炸土豆、奶油菠菜沙司。服务员穿着带白色纽扣的衬衫和黑色裤子，都打着蝴蝶结领结，这一群不苟言笑的外国人一根接一根地抽着烟，但他们给我们提供的服务却是无可挑剔的。

"这儿真的很棒啊！"他轻轻地说。"可不是吗？"我附和道。我们一刻也没闲着，一直在吃。整顿饭他都没多说什么，除了那句："你要知道，我就是这么个人。""我知道。"我冷静地说。

后来，我们上床的时候，我跟他说："男人都是孩子，只不过他们有些人有着又大又好看的阳物。"我把手放在他身上，就像我喜欢的那样，用力地捎着他，指尖沾了些他身上的薄汗。我们酣畅淋漓地占有着彼此，但却也不十分有趣。我对他另眼相看，好像跟以往那些人不太一样，但又好像跟其他男人没有什么分别。

"你会感到害怕吗？"我的咨询师问我，她那浓黑的眉毛不自觉地挑了起来。

"当然会，"我说，"但可能更多还是因为我成长在那样一个家庭，看着妈妈除了忍受那个瘾君子的爸爸而备受压抑之外，还要忍受每一个来我们家落井下石的小人。尽管她看上去是一个聪明而独立的女强人，可以靠自己活得很好，但我还是觉得她应该寻求帮助。也许正是因为在我的生命中，从来都没有任何积极向上的亲友做榜样，所以我也不会为了维持爱情而对马修做出让步，最关键的是因为，无论如何，男人们都会榨干你的。"

"这就对了，安德烈娅！"她说，"你做得很好。"她的反应让我觉得自己好像有了多么了不起的突破似的，但其实这番话我已经说了好几年了，第一次去她的办公室那会儿，我哭诉完自己的遭遇之后，就说了这番话。

当你清楚地知道自己的问题在哪儿时，你会怎么做？倘若实际意义上，它压根儿就算不得一个问题呢？只有当我想要维系一段关系，想要适应一种传统的幸福模式时，它才会显现出来。只有当我在意它的时候，它才算是个问题，可我并不确定自己到底是否在意。

"我说不出你想要什么。"我的咨询师长叹一口气，无力地说道。

"我也不知道。"灵魂好像飘到了很远的地方，我听到自己同样无力地回应着。

我马上就四十岁了，生日那天我做的第一件事情，就是跟我的心理咨询师解约，我所做的一切努力，到头来不过是无用功。然后，我请了很多人来参加我的生日晚宴，一些还生活在这座城市里的朋友，有童年时代的发小，也有大学时代的朋友，还有一些住在我家隔壁的邻居，甚至连我妈都大老远赶来了。宴会氛围很轻松，因为来这儿的都是我认识的人，马修当然也在我的邀请名单上，因为他是我生命中的那个男人。他说晚一点会过来喝一杯酒，我问他为什么不来吃晚饭，他说："你知道为什么的。"我说："没关系的，我来埋单。"他沉默了片刻，说："那是你的生日，你不应该埋单的。"我坚持道："没关系的。"但他似乎依旧不为所动："当然有关系。"

　　这种无聊的争执让我觉得很疲惫，稍稍整理下情绪后，我淡淡地对他说："我想要的生日礼物，不过是你能跟我好好地吃一顿饭。"他终于妥协了："仅此而已，对吗？"我无力地给出肯定："是的。"接着，我们又聊了将近一小时，关于目前我们的关系进展到哪一步，起初聊得很愉快，可渐渐地越来越糟糕，那是我始料未及的现实，但我却必须承认，事情的确到了这种尴尬的境地。

　　我的生日宴勉强还算其乐融融，我们选择了我家附近的一个意大利餐厅，在那烛光荧荧的地下包间里，享用了一顿美妙的晚餐。我吃了点烤乳猪，喝了很多红酒，多少杯我自己也不记得了。一晚上，大家对自己那些捉襟见肘的烦心事都尽量闭口不谈，有些人真是好不容易才暂时抛开不幸的——英迪格和她失败的婚姻，我妈妈一直在担心自己的家人，一个醉醺醺的老伙计不停地往卫生间跑——谈到我的时候，他们说了我很多好话，说我是一个真诚的好朋友，说我坚强并且为人正直，说我有一头令人羡慕的秀发，说我一点也没有变老。最后我苦涩地说："那是因为，过去的十年里，我都深陷于一间办公室，时光把我给遗忘了。"大家都笑了，然后他们又开我玩笑，说我马上要四十岁了。但你知道吗，今晚我根本就不在乎什么四十岁，令我自己都感到吃惊的是，我竟然还活在这个世界上。然后我们一起举杯——敬仍在继续的生活。

那晚宴会尾声，我妈妈紧紧地拥抱了我，也紧紧地拥抱了在场的每一个人，她有一点喝醉了，不过在场的所有人也的确都是她的朋友。我多么希望哥哥也能来，但这种期望是徒劳无功的，他正迷失在新汉普郡优美的湖光山色中，当然，马修到最后也没有来喝一杯生日酒。

"情况很糟糕，"我的同事尼娜说，"听上去你好像真的蛮喜欢他的。"

"太糟糕了。"我妈也发出如是感慨，不过她却另有一番怨言，"我还想着过来看看他呢，你都已经很久没有给我看看你的新男友了。"

一周后，电话响了，是一个本地号码，但是我想不出来会是谁。我在心里暗自祈祷，是马修从哪个神秘的地方打给我，说他很想我，一直想着我，这样我就不用给他打电话，然后说一番类似的话了。但事实并非如此，是他的画廊给我打电话，通知我去取走在他的画展上买的那幅画。我去画廊将画取了回来，但并没有愚蠢到把它挂在墙上，那可不是尽快放下一个人的好方法——每天这样盯着他的画，我又怎么能忘得了他呢？我用纸把它包好，放在我的衣柜里，就放在冬靴后面，我想要是哪一天我离开了这个世界，人们在清理遗物的时候，一定会发现这幅被我藏起来的画，他们肯定会很纳闷儿：谁这么压抑呢？说不定，他们还能创造出跟那差不多的艺术品呢。

一个月过去了，我发现自己没那么想他了，一天只会想起他一次或两次；又过了两周，我发现自己这周只想过他几次；然后又过去了两周，我很长一段时间都不会想起他了；又过了一周后，我突然觉得其实我一直在想他，从没忘记过。能够说服自己不再去想这件事情之前，我还是给他打了电话，约他出来喝一杯，仅仅以朋友的身份，他同意了。

现在，我们每隔一段时间就会见上一面，虽然有过一段暧昧不明的曾经，但我们都不会再回去了，拒绝欲望比被欲望搞垮更明智。

我告诉他，他是我的朋友，我爱他，他是一个真正的艺术家，我敬佩他，所以愿意帮他做他正在做的一切。我告诉他不用想太多，就让我来埋单，他只要安心用餐就好。他不确定地问我："真的吗？"我看着他的眼睛，对他说："是的。"这不算什么，我第二天甚至都不会记得。你吃的比鸟还少，你应该多吃一点，我喂你，这就对了，来！咬一口！再来一口！这才是好孩子嘛！

费利西娅（Felicia）

2002年4月，芝加哥的一所公寓，我坐在费利西娅的脚旁，她是我们课题最著名的导师。我在她位于洛根广场大厦的公寓里，这儿是她自己装修的，她从图书馆借了一本关于家装的书，反复阅读之后，就自己动手铲墙抹泥，修改电路，连地板上的瓷砖都是她亲自贴的，因为她觉得这种事情有必要亲力亲为。她穿着一身黑色的行头，牛仔裤配 T 恤衫，透过黑色蕾丝，她那令人艳羡的好身材隐约可见。她的身材真的很棒，双臂肌肉紧致而有力，臀部紧翘，还有一头飘飘欲仙的浅棕色长发，有时她也会把它们编成一束辫子。另外，她所拥有的珠宝也雍容得如梦如幻，都是货真价实的宝物，钻石、黄金和铂金，大部分是从她一个富裕的姑姑那里继承的。她姑姑一生无儿无女，死后所有财产都由费利西娅继承。起初，她对珠宝也是一无所知，她甚至为此专门学习过一段时间珠宝设计，所以里面有一部分是她自己设计制作的。她明年会有三场个人艺术展，其中有一场将会在柏林举办。在巴西举办的一场个人展，目前已经在筹备了，在那儿，她可以利用一整个城市广场，做她想做的一切。她拥有的一切，没有一样是来自男人的。她白手起家，而我却连她的一根小手指都不如。

坐在她脚边的不止我一个人，还有她的男朋友，一个比她年轻二十岁的青年人——约西亚（Josiah）。他十几岁时从彩虹神教（邪教组织）逃了出来，身上散发着一种致命的贵族气息，高大的身材，有一身健壮的肌肉，双臂看上去孔武有力。他穿着一套非常宽松的衣服，脚上蹬着一双帅气的军靴，全身上下几乎没有一处贴身，留着一头长发，性感的嘴唇很是撩人。一想到他，一股莫名的情欲从我的胸腔升腾而起，满脑子都是跟他缠绵的暧昧画面。

费利西娅正在发飙，她在教一群德国学生，他们非但没有达到她的要求，还怨声载道的，她并没有因此感到气馁，只是忍不住沮丧起来。她讨厌她的学生们：他们对她也有要求，不过不同于传统德国人的苛刻，他们一直想要的是她的认可，想要得到她的爱，可他们最应该做的只是专注于自己的艺术创作。作为同样渴望得到她认可的一个学生，我感到很焦灼，很想问一下她是否也是这么看待我的。我对她的渴望丝毫不亚于对酒的执着，可我却只能对她说："费利西娅，我来帮你吧！"因为那是我的工作。

在很多项目上我都是她的助手，能够从众多候选人中脱颖而出，是因为我机敏干练，也因为我跟她很投缘，我年轻、放荡，还嗜酒。她让我去哪儿，我就去哪儿，我跟她说"你很完美"，这一点毋庸置疑。我是9月在一个派对上认识她的，那是新学年的开学典礼，那晚我坐在一个很软的沙发里，远远看到她跟另一个年轻女人在一起，一个大眼睛的金发女郎，个子高高的，那是她的一个丹麦籍学生。她们坐在角落里，费利西娅双手扶着她的肩膀，很显然，她的学生喝多了，完全失去了行动能力。她看上去有点狼狈，手忙脚乱的，我站起身来给她搭把手，我们合力把那个金发女郎推上了出租车。"你，"费利西娅晕晕乎乎地指着我，她自己喝得也有点多，甚至有些语无伦次，"你，我喜欢。"我！后来我发现那个丹麦学生是约西亚的前女友，一个月后，她从她当初来的地方又回到了这里。

我开始逃课，不管费利西娅什么时候来电话，我都会放下一切去找她，甚至从未想过要拒绝。工作的时候，读我需要读的东西，思忖我要发表的评论——其实，我对这些根本没有一点兴趣——过去的十年里，我一直在盲目画画，在拉瓜迪亚艺术高中读了四年，然后获得了一笔小额奖学金，顺利入学亨特学院（Hunter）。当过餐厅服务生，每天闻着各种味道，这是除了喝酒、吃饭和性交之外，我知道的自己唯一会去做的事，它让我觉得自己至少没那么孤独。而现在在这里，这个女人提议我以后跟着她，她将会陪着我。

整座城市里，我最讨厌的就是我的室友，这个来自温内特卡的二十二岁富家婊子，因为跟一个画家同居，就觉得自己纡尊降贵了。这儿是她的公寓，也就是说她拥有这所公寓的产权，这是她父母给她买的，她把多余的房间租了出去。她基本上算是无业游民，还每周去做一次美甲，因为在英国留过一年学，所以她习惯用英语的发音说谢谢。她还有个情人，一个已婚律师，是她爸爸的朋友。他每次来，都只是跟她交欢，然后匆忙离开，有时候我晚饭都还没吃完呢，他就走了。"他有孩子，这可是一个秘密，"她神神道道地对我说，"你不能跟任何人讲哦！""你完全不用担心，"我对她说，"因为我对你们的秘密压根儿就不感兴趣，我恨不得把所有的时间都花在费利西娅身上，哪还有精力琢磨你的秘密？"

11月的一个晚上，我跟费利西娅喝完两瓶酒后，微醺：

"我告诉你一个秘密。"

"你说说看。"

"我觉得你们中间没有一个有天分的，我只不过是硬着头皮尽自己的义务罢了。"

"你不是真那么想的，"我说，"你在开玩笑，对吗？告诉我你在开玩笑，费利西娅。"

我下意识地抓住了她的胳膊。

"我只是开玩笑，"她说，"我跟你闹着玩呢。"

比起我自己的画作，我对她的画作倒是越来越感兴趣了，她做的课题看上去很有创意，并且很有价值，而我的画都很基础，也没什么重要的意义，实话实说，的确如此。我很有幽默感，对绘画也有慧根，我对颜色很敏感，知道如何选择有趣的素材，如何从鲜活而富有个性的人、事、物中寻找亮点。在读研究生之前，我就已经掌握了那套必要准则，但我每天都在想，对于绘画自己是否有足够的渴望。成为一个画家，就意味着我这一辈子都不被待见，就算偶尔有人对你表示赞赏，那也只是想要给你坚持下去的勇气，我这才发觉，原来我并不想一辈子都被人冷眼相看。但是费利西娅从来都不会屈服，她总是很忙，没时间在乎那么多人的态度，自然对你的否定嗤之以鼻。如果我跟费利西娅相处久了，耳濡目染，是否也能学会像她那样泰然自若？我大口喝着我的威士忌，喝着我的啤酒，把它写进我的笔记本，又想起了费利西娅。

11月的另一个晚上：

"但是你觉得我有成功的潜质吗？"

"你还很嫩，像一个婴孩，你是一只可爱的幼犬，不用担心，做好你该做的工作，将来必定会有所成就。"

我们整天都在辛苦地工作，约西亚致力于协助费利西娅，他大部分精力都放在她的课题上，但对自己的画也没放松，在我的印象中，他似乎总是在搬那些重得要死的东西。与此同时，费利西娅一直在打电话，来自世界各地的电话填满了她的生活。现场没有一个人懈怠，空气中弥漫着紧张、兴奋却又不无满足的气息，我坚信：比起坐在课堂上听讲座，跟费利西娅在一起我可以学到更多，当然，这么说可能也不尽然。不过，我还一直在坚持画画，每天早上我早早就去了，一直盯着空白画布，直到它被各种颜色填满。我凝视着画布，若有所思地涂鸦，努力地想要弄清楚一些事情：我有成功的潜质吗？有画画的天分吗？如若不然，她为什么还会喜欢我？离开那座城市的时候，我就把那些画都丢掉了。可我还是觉得那些画作都挺好的，它们本身并不差，只不过现在看得再透彻也无济于事，毕竟都已经丢了。

12月，我妈妈遇上了财政危机，花光了她所有的钱，恰逢周末，她的公寓彻底断电了，她甚至无法交付租金。不久前她刚换了工作，在一个收入同样低微的非营利性机构上班，新交的男朋友包揽了他们所有的开支。他打了她，虽然只此一次，但是我妈妈可不傻，她知道：一次就已经够了，有一就有二，这种事情一旦有了第一次，以后必然还会重演。我妈妈当即就把他撵出了公寓，还让他因此遭依法监禁一晚，他的东西直接被丢到了街上。我给她寄了一张支票，以保她能够支付接下来几个月的租金，我的哥哥、嫂子则主动承担了她的医疗费用。我压根儿就没想过自己要怎么支付房租，直到圣诞节前夕我才发现自己已经身无分文了。我跟费利西娅说起了自己的窘境，却并没有跟她细说缘由，因为我不想让她知道我妈妈这么狼狈，只好让她觉得我是那个蠢货。

带着极大的热情，我们一致决定：我将搬进她在洛根广场的公寓，至少住到春季学期开学。真是个糟糕透顶的想法，我的意思是，这到底是谁的主意？我真的很想记起，但却怎么也想不起来，那样其实很愚蠢，可我就是很想去那里，跟他们两个一起生活，没有什么特别的原因，只是我享受我们之间的亲密关系。"有你在我身边，一定好极了，"费利西娅说，"我喜欢家里热热闹闹的。"最后那句话真是太可爱了，就好像她也承认了自己的脆弱：她跟我们这些人一样，都很孤独。我当然乐见于此，但同时又很矛盾，甚至有些心痛，因为我也不想看到她需要我，不想看到她需要任何人，或许正是那份遗世独立的孤高，才是她身上最打动我、让我崇拜的地方吧！

后来，我干脆就不去上课了，我那些肮脏的小秘密，她当然是了如指掌的，因为我一直窝在公寓里哪儿也没去，避开了芝加哥的严冬。只有家里的酒存量不足时，我才会胡乱穿上三件毛衣和一条长裤，戴上两条围巾，出门去买酒，但很快就会回来。那些酒可以让我温暖，让我们大家都温暖。

夜里，我能听到他们欢爱的声音，早上看到他的时候，他只穿了一条短裤，想要把视线从约西亚赤裸的上身挪开真的很难。我是如此爱慕他的美，但对他却并无欲念。现在，作为一个四十岁的中年女人，我只能在回忆里贪婪地渴望着他了。当然，我确定她注意到了我的目光，但我要怎么跟她解释，她才是我爱的那个人？

清晨，费利西娅正在进行一个电话访问：
我现在简直是焦头烂额，你怎么能对眼前的事情不管不顾呢？
费利西娅靠在我的肩膀上，她看着我的画，又对比了她的画：
已经很像了，但还是没有十分神似。

2月末，一个周五的晚上，她莫名其妙地跟约西亚打了起来，约西亚并没有还手，这让我想起了我的童年，虽然画面并不完全相同，但却重现了爸爸妈妈打架的一些模糊的细节。

我离开了她的公寓，在一个学生派对上，我遇到了一个叫克里斯托弗（Christopher）的男人。他是一个雕塑家，有一双炯炯有神的眼睛，双眉非常浓密，我跟他回家了。第二天早上，我们在他的餐厅里一起吃了早餐：煎蛋、黄油面包、果酱、浓缩橙汁和进口咖啡。饭后，他送我出门，我们在街上拥抱告别，他问我要我的手机号，我跟他说："我没有。"我的确没有。第二天晚上，我独自在柳条公园

122

（Wicker Park）喝酒，又遇见了一个男人，是那种事业有成的成熟型男，我们都喝得烂醉，我就跟他回家了。他试图让我给他口交，态度虽非强硬，但还是很讨厌，就好像他站在高山之巅，将阴茎垂赐予我，我该感恩戴德地侍奉于他一般。伙计，我知道那宝贝是你在这世上最珍贵的东西，但却不是这世上我最爱慕的东西，所以我干脆佯装醉倒，直到真的不省人事。他的公寓很大，临街的那一面有几扇高大的落地窗，清晨的阳光将我唤醒，但冬日的温暖却是假象，因为我知道，窗外，芝加哥的冬晨是彻骨的寒冷。我赤身裸体地在他的公寓穿梭潜行，地板上结了冰，穿了衣服依旧冷得瑟瑟发抖。我蹑手蹑脚地走出公寓，窗外，脏兮兮的雪已经开始融化，冬天的日头有些晃眼，我不禁抬手遮住直射过来的阳光，恍惚自己究竟身在何处。

最后，我终于找到了布朗线电车，但却误乘了相反方向的列车，坐了好几站都没发觉异常。当我发现自己坐错车时，索性将错就错，换乘了另一班更方便回家的列车，但那趟电车却因轨道修建，在距离我的目标站点还有两站的地方就停了。我心想：为什么我会遭此报应呢？最后，我到了费利西娅那里，我们无声无息地一起工作，对于几天前我目睹的那场家庭战争，我们俩都默契地选择不再重提，我那几天的经历也就此尘封了。下午，我吐了一次，接着我又参加了另一场学生派对，在那儿碰到了我的朋友马修。这个整日愁眉苦脸的皮包骨头，有些神经质，但他的才华却不容小觑。与他的重逢，让我的心中荡起了少许柔波，突然觉得他是这个世界上我唯一能聊得来的人，所以就跟他去了他家。那晚的性爱感觉还不赖，我瘫软了一小会儿，他并没有向我索求太多，只是把我放在床上，所以我就坐在那儿，任他由浅入深地入侵。

3月中旬，恰逢我妈的生日，两个月以来，我第一次给她打电话。她说："我最想要的生日礼物，就是你能回家来。"这番话让我好生纳闷儿，毕竟我妈遇到任何困难时，都不会想到依靠我，我甚至不确定她是否有留意我搬到了芝加哥。我说："妈，你吃药了吗？"她有些恼："你在说什么？我不需要吃药！"我继续回她："好吧，听上去你好像需要吃点。"最后，她无力地说道："你为什么就不能像平常人那样，对我说声生日快乐呢？"说完就挂了电话。在我妈妈生日那天我甚至都不能对她好一点，真的很惭愧，我竟然如此自私！但是，我发誓，为了我珍爱的生命，我一定会将刻薄坚持到底。

现在，已经是4月末了，费利西娅对生活中的每一件事都感到沮丧，我盘腿坐在地板上，尽量让自己看上去平静、自然。费利西娅站在我面前，心浮气躁地抱怨不休，个人展览、德国人、爆裂的水管、取消的航班、学生们……一切曾经让她烦心不已的旧事，都被她一一细数了出来，喋喋不休地自顾委屈着，但对我给予的帮助却只字未提。约西亚和我无意间交换了眼神，显然没什么意义，但我还能往哪儿看呢？他可是这个房间里唯一一个没有发飙的人了。我默想：帮帮我，告诉我要怎么样她才会喜欢我。我从来都不知道他在想什么，因为对我来说，约西亚一直是个不可知的神秘人。我抬头看费利西娅的时候，她正前后扭头分别看向我们两个，脸上逐渐浮现出不解和看不透的猜测。约西亚穿过房间，也坐在了地板上，提议他们一起出去散步——她和他。"你们去散步吧，"她说，"你们俩，我不想看到你们俩任何一个。"她指向大门，好像忍了很久似的，吐出了一个字："滚！"我像动物一样躬身向前挪动，笨拙地朝大门走去，约西亚蜷缩着身子坐在地板上，继而轻快地站了起来，然后我们俩就一起离开了。

"我们可能需要喝点酒。"我提议道。

我们去了几个街区之外的一家酒吧，酒吧的窗户上装饰着老式的荧光标语，自动点唱机里播放着摇滚乐和蓝调，酒吧里有一张台球桌、几个飞镖盘，还有一些波兰人。我把碗里的卷饼全吃光了，又点了一份，我想让他跟我说些实话，虽然具体关于什么，我也不知道。

他跟我讲起了他的童年，深陷邪教的青少年时期，每天、每周、每个月紧密安排的《圣经》学习计划，经常没钱花，经常挨饿。他那时是个长发及腰的美少年，十五岁那年，教父释放了他，神教内的成员们遍布美国南部，而他对信徒们虔诚笃信的教母，则怀着又爱又恨的复杂情愫。

"每年她生日的时候，我都会跟她聊一次，"他说，"尽管发生了那么多事，她还总问我什么时候回家。"

"我知道那首歌。"我无意中竟转移了话题。

"你觉得费利西娅很强势，但我还见过更糟糕的。"他漫不经心地说。

"我可没说过费利西娅强势。"我佯装听不懂。

"好，我说的。"他无奈地说，然后我们俩都笑了，我们一起大笑的感觉真好，尽管我知道我们笑的并不是同一件事情。

从嘈杂的酒吧离开后，我们便回家了，虽然醉醺醺的，但心境却比之前平和了很多。家里没人，谁知道费利西娅去哪里了？我想，这一定是个圈套，索性连跟他拥抱、互道晚安的环节都省了，我径直向自己的房间走去，骄傲且自制。"你做了一个正确的决定，真棒，"我暗忖，"看看你，管住了自己一次，没有跟错的人上床。"

但也有可能我已经做过了，脱掉他的衣服，两腿分开跨坐在他身上，在他的床上与他缠绵，因为不经意地抬眸，跟一场醉眼迷离的性爱同样有意义。凌晨三点钟，费利西娅烂醉如泥地回来了，软绵绵地敲着客房的门，一边笑一边咒骂，然后声音越来越大，骂得也越来越难听，冷嘲热讽的，说着我听不懂的话，直到后来她开门走了进来，然后几个怨毒而咬牙切齿的字飘进了我的耳朵："你死心吧！！！"

第二天一早，我就离开了那里，搭了一班火车回到纽约。我哥哥举办了一个乔迁派对，他和他那个既聪明漂亮又稳重大方的编辑女友已经同居了。他请来了他们乐队的所有成员，我在派对上喝得烂醉如泥，然后大摇大摆地跟其中一个乐队成员离开了，因为我的意图很明显，就是想要毁掉这一切。我跟他在纽约城里厮混了几天，直到我们彼此厌倦才分手，在他的卧室里，我绝望地给我妈打了个电话。

"我听说你把自己搞得一团糟。"妈妈对我说。

"我听说你把自己搞得一团糟！"我发泄似的重复着这句话，歇斯底里地对她吼。

她叹了一口气："你还可以回家，"她说，"任何时候，你都可以回家。"

　　但我不想住在纽约，至少现在还不想，于是，我又回到了芝加哥，那是5月，艺术硕士研究项目迫在眉睫，我需要明确接下来的打算。有一天，我去了马修的公寓并留了下来，关于我的生活、我的遭遇和现实处境，我只字未提，只是像一只受了伤的困兽叩开了他的门扉，寻求一丝安慰。我无力地蜷缩在他的怀里，他紧紧抱着我，直到我平静地睡去。我们好几天都没出门，但他的工作不能懈怠，所以就只好在家里继续画画，他的公寓里放满了松节油。一天早上，我坐在旁边看他画画，他非常认真地画着，面部表情宁静而平和，我突然觉得很是羡慕，因为我画画的时候从来没有过这样的状态。就在这时，我赫然醒悟：我不知道要如何应对现在的生活，但我确定我不想再继续画画了。第二天早上，我离开了马修的公寓，乘坐另一班前往纽约的列车，马不停蹄地回到家。从此以后，我彻底放弃了绘画，在广告行业找了一份设计类的工作，我感觉自己渐渐老了，也成熟了很多。我从不去回忆过往，只有在这种无比空虚的时刻，才会忍不住想起那些该死的曾经。

　　虽然我现在只是隐约想起了过去，但还是能够跟你讲述那段印象深刻的岁月，我从没想过要自杀，一如现在，对于死亡也从未担心过，唯一让我殚精竭虑的是如何好好活下去。

贝齐

　　我妈妈的朋友贝齐，一个老年激进分子，因一场疾病去世了。"我希望我也能像那样干干脆脆地死去。"妈妈说到她，不禁悲从中来。"我们还是不要再聊你要怎么离开这个世界的话题了。"我说。尽管我认同她的观点，为了她，也为了我自己。一个满月的午夜，在希普斯黑德贝湾，一个小型且不太合法的葬礼上，贝齐的骨灰被撒入了大海。我妈妈最终决定不去参加，"我年纪大了，经不起折腾，我可不想去坐牢。"她说。后来她得到消息，没有一个人因此被逮捕。几周后，纽约州的一场公开的追悼会上，我妈妈被邀请作为发言人上台演讲，她让我跟她一起去，这是我人生中出席的第二场追悼会，此前我出席的唯一一场追悼会，是二十五年前我爸爸的追悼会。"等你有一天老了，这样的事情总会发生。"我妈妈说。"那我还真的很期待呢。"我很是不以为然。"好吧，至少现在你不是死了的那个。"她显然对我的反应已经见怪不怪了，连说这样的话都那么波澜不惊。

我暂时放下了工作，最近我已经做了很多了。"我想请一天丧假。"我对老板说。尽管很想驳回，但他却不能对别人的丧亲之痛提出异议。他对我几乎不抱任何期望了，有也是微乎其微，招聘一个新人来取代十年来一直做得很出色的我，这个想法让他备受困扰。他怎么能把我脑子里的一切都取出来，再放到别人脑子里呢？况且，就算请假，也不会影响我的工作，还有一部分原因在于，这份工作我现在闭着眼睛都能完成。当初那种追求极致完美的激情早已荡然无存，因为"完美"本身就是枯燥的，有趣的只不过是求而不得的过程罢了。

"你工作都完成了？"我的老板问道。

"是的，一切都完成了，早就完成了。"

他心不在焉地把玩着一支笔，轻轻敲了下他的办公桌，大概是想到了这种特殊状况下的官方表达，"对于你亲人的离世，我感到很遗憾。"他说。

"对我妈妈而言，可能更难过。"我说，"那是她最好的朋友，她的名字叫贝齐，某种程度上来说，她是我妈妈的英雄。""英雄"可能并不十分准确，可我实在找不到更贴切的词汇来说明她们关系上的细微差别了。她们是好朋友，但是贝齐的年纪要稍微大一些，贝齐主持的活动也多一些。

"那么，对于你母亲的丧友之痛，我感到很抱歉。"他说。

"你现在知道谁才是最悲痛的人了吧？"我补充道，"贝齐。"

我们俩差点笑出来，却又都忍住了，继而脸上浮现出别扭而滑稽的表情，像是假性作呕，又像是对刚才双双失态的震惊，但这也让我们彼此更亲近了一些。六年，对于了解一个人来说，已经足够久了，但从最初的同事关系发展到如今的上下级关系，我对他依旧不甚了解。他妻子的照片，他们家船的照片，他们家别墅的照片，夏天打网球的照片，冬天滑雪的照片，假日派对上跟朋友一起喝苏格兰威士忌的照片……他那些值得炫耀的富裕生活都用相机记录下来，摆在了办公室里。我们是同龄人，可他拥有的东西却比我多得多，不过，至少我不用忍受一个像我这样的下属。

"你出去吧！"他又恢复了一如既往的淡漠，平静地说。

贝齐的追悼会在圣马可教堂举行，自高中毕业以后，我就再也没去过那里。那时候，我每年都会去那儿参加元旦的诗朗诵马拉松，一开始是跟我的家人们一起，我爸爸那时还活着。后来在去帝国大厦的一次实习考察中，认识了一个男孩，从那以后我就跟他一起去，他后来上了布鲁克林一所偏僻的磁石学校。我们手拉手坐在排座上，台上的帕蒂·史密斯（Patti Smith）一边弹着吉他，一边唱着高亢的歌，她的长发从肩头滑落，搭在了吉他的琴弦上。接着，我们买了两杯热巧克力，在汤普金斯广场公园的寒风中漫步，一起蜷缩在公园中央的长凳上，亲吻了好几次。从那以后，我们便从彼此的生命中消失了，他没有任何过失，我也没有什么错，只是我们要见上一面实在太难。他叫卡洛斯（Carlos），他现在在哪儿呢？我得去脸书上查一下他，不过，无所谓啦，他可能都已经结婚了。

教堂里真的很热，前厅和圣堂的后方布置了很多工业风扇，呼呼地吹向一排排人群，大厅四周装饰着基督画像的彩色玻璃，也有些摇摇欲坠。我望向我妈妈，她正被一群男人围着。自从我爸爸去世之后，她的身边就一直有各种各样的男人围着转，她以前经常为这些酒鬼、瘾君子举办晚宴派对，他们就喜欢簇拥着她。我永远也无法理解：一个身无分文的寡妇，四十多岁了，还带着两个孩子，有什么值得趋之若鹜的？但他们从前是这样，现在还是如此，尽管大家都老得不像样子，对我妈妈的热衷却一如往昔。

这些男人曾经围堵过我，那种感觉我略有体会，那时候，我是一个抑郁的少女，像一只刚出窝的小山雀，懵懂无知，浑身透着"很好骗"的傻气。那些人在我的脑海里变得模糊，现在，再环视这间屋子，我也说不清具体有谁，他们都干了些什么。也没有什么特别的，就是一个周六的晚上，一个女孩，一个十几岁的少女，回到一个挤满了人的、乌烟瘴气的公寓，我妈妈在房间的某个地方，夸张地大笑，漫不经心地跟我打招呼。还记得有一次，我被强行拉坐到某个人的大腿上，一个成年男人逐渐勃起的阳物从后面顶着我，而且还在不停地扭动，虽说隔着一层衣服，但也足够让我感到一阵作呕。以前，我不喜欢那样，也永远不想再面对同样的情景，而现在我倒是很想看看他们还如何故技重施，我这样暗示自己，一股咄咄逼人的寻衅巨浪将我团团围住，身体里的暴力因子被瞬间唤醒，这群孱弱的老男人，我要活埋了他们。

"安德烈娅，过来！"我妈妈喊我，她身边的男人们也都识趣地散开了去。尽管她可能会感觉到我周身散发的暴戾之气，我还是紧紧地抱住了她，不想让她离开。从前我每周六都能去看看她，而现在自从她搬到新汉普郡，我好想念她，一如往常，突然觉得百感交集。

我问及戴维和格蕾塔，"你想知道些什么？"她问。"我也不知道。"我说。我很清楚他们正在经历着什么，但还是抱着可能会有惊喜的侥幸。"他们现在过得幸福吗？""……不幸福。"妈妈叹了一口气，有气无力地说，"我不知道他们是否能够挺过这一关。""那真的太糟糕了。"我说。"很显然，现在的情况不容乐观，我知道你对此并没有甚深的体会，但是婚姻自有其本身的难以为继。"她爱怜地挽起了我的一缕头发，意味深长地说道，仿佛在跟那头发说话，而我只是一个看客似的。你能相信眼前的这个女人吗？她就那样轻描淡写地说着那些话，一脸的漫不经心，丝毫没有考虑过我的感受，倒像是我的头发哪里出了什么问题。

"妈妈，我只是不在乎自己的婚姻，并不代表我不理解别人的婚姻生活。"

"你还年轻，应该多操心自己的婚姻问题，"她继续唠叨，说着又研究起我的发尾来了，"但也不那么年轻了，维生素该补的也不能含糊。"她说。我本想发作，但接下来追悼会正式开始了，心里的小火苗也只好强行压了下来。

她很爱贝齐，贝齐跟她一起去博物馆，贝齐带着她参加了人生中的第一次集体抗议，贝齐每年都会给她织很多毛衣，让她冬天穿着保暖。贝齐就像一个老奶妈，时时刻刻在她的身边，除非贝齐不在家，去环游世界了。当然，她完全有这个自由去旅行，因为她无儿无女。"她去年还去了中国，"我妈妈跟我说，"跟一个社会主义旅行团去的，她真的很热衷于那个。"

下一个流程：一个看上去像松鼠一样意志坚定的男人登台，扎着马尾辫，穿着一件整洁的衬衫和一条卡其色裤子，衣扣扣得整整齐齐，双手交握着，手里还拿着一沓文件。

"啊！是这老兄！"我妈妈好像看到了很要紧的熟人似的，突然脱口而出。"那是谁啊？"我很纳闷儿。"科宾（Corbin），贝齐的第一任丈夫。"她说。

一场披露美国中央情报局的演讲开始了，阴谋、腐败、暗杀，历位总统，激进主义者们的临时政府，间谍技术，脸书，以及贝齐帮助演讲者揭示真相的勇气和决心。真相仍在不断被揭开，总会大白于天下，环顾四周，睁大你的眼睛，醒过来！永远保持清醒！科宾最后总结道："他们永远不会再有机会迫害下一个贝齐。"

"真的是很精彩啊！"我扭过头对妈妈说。"他一直是一个狂人，"她说，"我的意思是他对中情局的一切看法都是对的，但他也确实很疯狂。"

房间的内前方，第一排有一个满脸皱纹、穿着大号亚麻西装的男人，一直在盯着我看，这个老男人留着一撇细密的山羊胡，还扎着一个染了烂柠檬色的马尾辫。他是我妈妈以前举办晚宴派对时期的朋友，他是一个龌龊无比的王八蛋，我想，这是我对他全部的印象。

贝齐的第二任丈夫莫迪（Morty），上台了。他刚接过话筒，就当着众人的面哽咽起来："太突然了！太突然了！"他开始讲话，人群中不时传出阵阵低语，他旁若无人地吐露心声，仿佛她还在他身边，他一生最大的遗憾就是跟她离婚，而令他感到欣慰的是，离婚后他们还是朋友。紧接着，莫迪开始详述他三次独自与癌症做斗争的经历，两次都与死神擦肩而过，但都奇迹般地完全康复了，他父亲的过世，母亲的过世，财政危机继而又转危为安，这所有的不幸抗争都有贝齐的陪伴和支持。"真的很感谢贝齐！"他说，接着就结束了致辞。

"抗癌治疗期间给他护理的护士被他睡了将近一半。"我妈妈满眼不屑地看向莫迪。"那为什么还让他上台发言？"我问她。"你认为这么些年她参加游行和志愿工作，谁给她埋的单？"我妈妈说，"不管她想要什么，他都会很大手笔地给她支票。"我抬起头看向莫迪，他离开了发言台，颤颤巍巍地差点跌倒，前排的几个男人赶紧站起来扶住他。"莫迪是一个很差劲的男人，"妈妈看着这"伤心欲绝"的一幕，愤愤地感慨道，"可是莫迪已经付出了代价。"

前排的那个男人还在盯着我，天哪，他已经快七十岁了，或者是不是都有八十了？他叫什么鬼名字，菲利普（Philip）？费雷德里克（Frederick）？福斯特（Foster）？费利克斯（Felix），对，是费利克斯，我去你的，费利克斯！

现在上台发言的，是贝齐的第三任，一个叫德博拉（Deborah）的女人，灰色的头发，戴一副眼镜，穿着一件点缀着黑色亮片的黑裙子，款式古怪得很，丰满的胸部看上去很是迷人，让人忍不住一头栽进她的怀里。"她在他们那个教会里很积极，对于追悼会没在他们那里举行还感到非常愤怒。"妈妈小声地对我说，"但是贝齐喜欢这个教堂，况且，她们在一起也没多长时间，她在这儿是没什么立场的。"德博拉闭目祈祷，温柔的泪水顺着她的脸颊落下，现场气氛骤然严肃起来，大家不禁在她的祷告声中默哀，我也忍不住流下泪来。

贝齐是个很可靠的人，每次聚会的第二天她都会过来帮忙打扫，虽然实际上她从没参加过任何一场。"伊夫琳，我宁愿待在家里，"贝齐常常推脱说，"聚会的前一小时可能还有些意思，之后的一切都只不过是在无聊地重复。"我高中毕业和大学毕业的时候，她分别给了我两张金额可观的支票。她很欢迎我去她家一起过感恩节。她似乎总在烤东西，然后取一部分装到我们家的小罐里。她很喜欢把她的灰发梳成两条辫子，她的腹部软软的，枕在上面很舒服，身上有种混合了青草、檀木、糖果和冰糖的味道，跟她在一起总会让人觉得很安心。

　　现在，轮到我妈妈的压轴发言了，碧蓝的眼睛，参差不齐的灰白银发，性感，睿智，我妈妈在人前一直保持着这样干练而随和的好形象。"今天，我要跟大家聊一聊我眼中的贝齐。"她开始了自己的发言，她只是她的朋友，仅此而已，没有血缘牵系，也不是配偶关系。"我们相识相知四十年了，感情很深厚。"她谈起贝齐曾陪她一起走过人生中最灰暗的阶段，贝齐也曾陪伴其他很多人走过阴霾，虽然她已经尽量不具体谈及某件事情了，却还是不可避免地讲述了一段往事。她说贝齐是一个道德楷模，她总是更多地在担心别人，却忽略了自己，她对社会公正，对世界现状总是没完没了地忧心忡忡，并不遗余力地奉献着，以自己的绵薄之力改变着这个世界。但她也是个乐天派，她很风趣，也很有才智，她是那种在聚会上你会想要靠近的人。我妈妈引用了艾利斯·罗斯福·朗沃思（Alice Roosevelt

Longworth）的一句话："如果你对某人实在没什么话好说，那就安静地坐在我旁边吧。"妈妈停顿了一下，然后打趣地说道，"我多希望贝齐现在能在场，坐在我旁边，因为她对你们所有人都有些意见。"

场下的每一位来宾都笑了。"她对她的三段婚姻都投入了至深的情感，上帝啊！我相信她对每一个人都保有着深沉的爱。"她顿了顿，分别跟那三位前配偶交换了眼神，又继续说道，"她在你们最需要她的时候出现在你们的生命中。"话到这里，我妈妈似乎还有别的要说，然而令人失望的是，她并没有说下去，"但她自己一个人的时候也很快乐，她总能开开心心地做自己，这是我从她身上学到的最深刻的道理：如何跟自己友好相处。"

房间里肃穆的氛围突然变得轻松起来，人们用热烈的掌声回应着她的演说，在这种场合下，这样显然不太合适，但是我妈妈却十分受用，我甚至觉得她的表现很是轻浮。

让我不敢相信的是，追悼会居然没有就此结束，竟还有其他内容，说话间，一支爵士乐队开始了表演，女主唱低沉的歌声中，几个家庭成员依次上台发言。最后到了用餐的时间，大家一起起身，我留意到费利克斯也站了起来，费力地挂着他的拐杖。我轻轻一脚就能把拐杖踢翻，他必然倒下，然后我会看到一个溃败不已的费利克斯狼狈地瘫软在地，但我只是淡淡地看着他气喘吁吁地穿过门廊，离开教堂，没有跟任何人道别。我并不清楚他到底是不是我想的那样的，他可能只是他们中的一个毫无存在感的幽灵，是这群男人中的一个孤魂野鬼罢了。

我们一起前往圣堂后方的接待室，那里摆了很多盘腌熏的三文鱼，还有成堆的黑麦面包、酸豆、洋葱、蛋奶小吃、糕点、乳蛋饼，以及超薄切片的帕尔玛火腿卷和闪闪发亮的意大利干酪。角落里的一个小吧台上，提供玫瑰红葡萄酒和夏敦埃葡萄酒，后面那张桌子上几瓶琥珀色的烈性酒隐约可见。我不知道如何抉择，是先吃东西呢，还是先喝酒？自少女时代起我就一直嗜酒，但我的出身，我的血统，又决定着我们有着几百年忍饥挨饿的历史。"你可别在鲑鱼沙拉上睡着了呀，"我妈妈突然出现，开玩笑道，"那味道简直好极了。"

我们的盘子里堆满了各种好吃的食物，然后心满意足地靠着墙坐了下来，阳光透过头顶上方的窗户照射进来，洒在地板上，整个房间光影斑驳，煞是好看。"真的是一场很棒的追悼宴会。"我由衷地说。"当然，"妈妈附和道，"我想应该是莫迪花心思办的吧！""我敢肯定，绝对不会是科宾。"我说。"科宾就是个笑话。"妈妈笑着说，"莫迪可能有些孩子气，但至少该做的事情他都做得很好。""你还喜欢男人吗？"我问。"我不知道，"妈妈沉思良久，回答道，"有时候喜欢。""我也是。"我重重地叹了一口气，终于有那么一次，可以跟妈妈共鸣了。

我突然意识到，我妈妈已经熬过来了，尽管她不是一个人走过来的，可谁又是呢？但看着望着她的这些男人，却和我在一起，在属于我们的小角落里，这让我感到兴奋不已。上帝啊，要是我原谅她，会怎么样呢？要是我也放下了那些过去，会怎么样呢？要是我能悦纳自己，会怎么样呢？要是我能熬过那些不幸，又会怎么样呢？接着我又想：我很高兴跟我的心理咨询师解约了，现在所有的这些都是我自己努力得到的。

我们又回去吃了点东西，丝毫没把暴饮暴食这回事放在心上。过了一会儿，她说："我爱你的爸爸。""我知道，他是最好的，我的意思是他绝对是最差劲的，可他太有趣了。"我说。"他当然有趣，他还吸毒呢。"她回应我说。后来我决定去喝酒。"我也去，我也去！"我妈妈说。

酒喝到一杯半的时候，有个男人朝我们走了过来，一本正经地问我妈妈，她愿不愿意在他的葬礼上发言。我妈扶住了他，惊讶地问道："天哪，你生病了吗？""没有，但是你刚才的发言实在太精彩了，我想我得提前预约一下。"这很快就成了派对上的笑谈，很多人来邀请我妈妈去他们的葬礼上发言，有她认识的，也有不认识的。"你看看，你现在都成了名人啦！"我打趣道。这时一个男人端着一盘鲑鱼沙拉走了过来，面色微醺，也跟着开玩笑道："可不嘛！哪儿哪儿都是她的粉丝。"

"你相信吗，我竟然跟这些暴徒相处了那么长时间！"她说，"除了拉里（Larry）。"

我们看到了拉里，一个具有强烈左派倾向的离婚律师，高个子，秃顶，晒得黝黑的皮肤，看上去很是有趣。他时不时爽朗地大笑，紧紧牵着他那"没那么新"的新婚妻子，他们是从费城来的。

"他很可爱。"我由衷地说。

"拉里就是那个离我而去的男人。"我妈妈沉思着说道。他的妻子穿着一件无袖的粉红色衬衫，裸露的手臂看上去很健硕，上面布满了密密麻麻的小雀斑，她以前还开过舞蹈工作室。

"她也是个寡妇，"我妈妈说，"只不过她的丈夫非常富有，而且她没有孩子。"

"所以你这是把没能守住拉里的爱情怪在我的头上咯，因为我的存在，你没能留住他，是吗？"我说。

"不是，那全都是我的错，我在这些男人身上浪费了太多时间，现在他们对我来说就像幽灵一样。"

我把杯子里剩下的酒一饮而尽。"我原谅你，妈妈。"我说。我这么说，当然是压根儿就没原谅她。因为提起它，我就有点想要骂人，这属于赤裸裸的被动型攻击，不管怎么样，现在已经太晚了。

"原谅我什么？"她一脸茫然。

"原谅我孩童时代因你而遭受的一切，还有这些男人。"

"你原谅我，好吧，孩子。"

她喝了一大口酒，然后苦涩而神经质地大笑起来。

"你看，你比我活得轻松多了。"她说，"你觉得外公外婆会忙着支持妇女权利吗？不，他们想要我找一个好男人结婚，给他洗衣做饭，然后给他们生外孙，就是这样。你生在一个女权主义尚有一席之地的社会，很多东西都唾手可得，而我呢，必须要去争取，去学习那方面的知识，我不觉得我自己一个人可以做得到。"

"那你还一直唠叨关于我婚姻的事情？你已经说了四十五分钟了。"

"我想要你有个依靠，仅此而已。"她说，"婚姻经营起来很难，但我还是觉得它会让你的生活过得容易些，或许也能让你更快乐些。"

"贝齐结了三次婚，最后不也还是孤独终老吗？还真的是幸福得不得了呢！没有了这些人，她活得更潇洒，你才是那个最爱她的人，妈妈。"

"有一些可以坚信的东西是非常好的，"她说，"婚姻就是一个美好的信仰。"

"但是你为什么就不能相信我呢？"我说。

这时，妈妈哭了起来，自从爸爸去世之后，我还没见她哭过呢，尽管她对他过量吸食毒品感到非常失望，不仅如此，她心里还郁结着太多怒气，需要合适的契机把它们全都发泄出来，但现在是她在哭，是我在抱着她。"我很遗憾你的朋友离世了。"我柔声说着，让她对着我哭泣、发泄。

"我只在纽约待一天，"她的情绪恢复平静，语气也很淡漠，"我们能不能就只简单地彼此相爱？"

我同意了，答应好好爱她。

她出去给我们拿更多的食物，我穿过房间来到了吧台，我看了一眼角落里的拉里和他的妻子。他们正在跳一支慢舞，他抬起一只手臂，另一只则从后面搂住她的腰。两个犹太人，在教堂后面的房间里静静地依偎在一起，还活着，还爱着，两个人还在一起，真是一个美好的信仰。

晚宴

所有的晚宴派对都集中在 1992 年那一年。

我十七岁，我爸爸已经去世两年了，他去世之后，我们几个月就花光了仅剩的那点积蓄。别指望我妈的工作能多挣点钱，那些基层组织简直一穷二白，一次小额的加薪，都要谢天谢地。我妈妈开始通过举办晚宴挣点外快，在这儿，你能享用的就只有素食和盒装的葡萄酒，来参加晚宴的也都是一堆嗑药的中年男人，清一色的瘾君子。除了支付十美元的餐饮费之外，这些男人有时候也会给她带点小礼物、精致的食物、酒或是大麻，这就是她的经营之道。

每隔一个周六的晚上，我妈妈都会在我们上西区的公寓举办这些晚宴。其中有几个非常令人厌恶的男人，一直把我往他们的大腿上拉，还像逗小孩子那样不安分地抖腿，可我已经不是小孩子了，他们也知道这一点。里头有一个男人可能算得上是那群卑劣龌龊的男人中最突出的了，他那肮脏的马尾辫和坚硬又扎人的山羊胡，令人恶心。他的双手一直放在我的屁股上，很长时间都不放开，如果可以的话，我真的好想从他的腿上跳下来，论体力我可比那些恶心的老男人好太多了。

所以，几次这样的聚会过后，我开始计划着，以后每到那一天我干脆就整晚不回家。我会给妈妈帮厨，提前把晚宴上的食物准备好，她最好的朋友贝齐也会来，每次贝齐从厨房的窗户伸出脑袋来抽根烟时，我都会和她喝上一杯。然后我就出门了，离这个乌烟瘴气的派对远远的，直到第二天才回来。我在摇滚俱乐部看演出，去布鲁克林狂欢，在华盛顿广场公园闲逛，一直待到很晚，晚到让我仅存的安全感也消耗殆尽。有时候我会到我哥哥的乐队去旁观，有时候跟朋友在她们狭小的卧室里听唱片，直到她们的父母催我们睡觉。我喜欢涅槃乐队（Nirvana）和洞穴乐队（Hole），喜欢戴维·鲍伊（David Bowie）和平克·弗洛伊德（Pink Floyd），还有我的血色情人节乐队（My Bloody Valentine）、公敌乐队（Public Enemy）和探索部落（A Tribe Called Quest）。我听了很多莫扎特的乐曲，尤其是在画画的时候，因为我那个音乐人爸爸生前跟我说过，莫扎特的乐章对提高大脑的思维能力很有好处。我梦想着能够在西雅图、伦敦或洛杉矶这样的地方生活，但却从未离开过纽约，因为这个世界上没有比纽约更好的城市了，这是我还坚信的最后一点东西，虽然我从未去过其他任何地方。

一天晚上，我去曼哈顿东村看夜场电影《罗琦恐怖秀》（*The Rocky Horror Picture Show*），我的朋友阿莎（Asha）和杰克（Jack）也跟我一起去了。我们花光所有的钱，买了一罐罐焦特可乐（Jolt cola），还有杰克在第十大街的一家可外带的酒店买的朗姆，以及一袋大麻和品质非常糟糕的可卡因，是那种通常用来做儿童泻药的可卡因。我们喝了一会儿焦特可乐，又接着吸食品质很差的可卡因，还服用了一些疾速OK（一种毒品），那是杰克从他那些年纪较大的男朋友那里拿来的。对我来说怎么样都不要紧的，我只能这么活着，现在我要继续醉生梦死了。

在回家的列车上，阿莎和杰克比肩坐在我的对面，旁若无人地热吻，这样真的很蠢，因为他们俩都是同性恋。

"嘿！你们俩怎么亲热起来了？"我说。

"我也不知道啊，总要做点什么吧。"杰克狡猾地说。

　　我并不想回家，因为家里的那个派对，但是我那些朋友的家也好不到哪儿去，不是父母很糟糕，就是家里没有多余的地方。要是去阿莎家，我又得跟她睡在同一张床上，而且她一直想从背后依偎着我，可我并不是很喜欢那种睡姿，因为这么睡对她而言，比对我来说内涵丰富多了。"我喜欢你的发香。"她会说，然后暧昧地贴近我的头发，嗅得我头皮发麻。我的头发很长，细密又乱糟糟的，实在受不了她那么拉来拽去。

　　跟自己的好朋友睡在一张床上，这在以前是多么天真无邪的事情，但现在突然不再是那样了。两个人躺在一起，没有更放松，反倒生出那么多新的不安和警觉，夜深人静时，脑袋一直在"嗡嗡嗡"作响，甚至连孤独感也没有消解半分，无论如何，再也不能心无杂念地安然入眠了。

　　"如果你们想让我嫉妒的话，那还是省省吧。"在电车上，我对阿莎和杰克说。

　　"我们才不在乎你是怎么想的，"阿莎漫不经心地说，"我们这么做，只是因为我们觉得开心。"

　　"这样真的很蠢。"我说，心里还是有点在意的，但不是他们想的那样，他们完全忽略了我的存在，这才是最让我讨厌的。

　　他们的动作越来越过分，双手伸进了对方的衣服里，当着我的面没羞没臊地互相摸起来，饥渴地深吻着，舌头都快伸到彼此的喉口了，一副要把对方吃掉的样子，阿莎甚至还发出了很夸张的呻吟声，我突然觉得一阵恶心。

　　"去你们的吧，我下车了。"语毕，没等他们说一句话，我就在86号大街下车了，电车驶出站台的时候，我透过车窗向他们挥手告别。

　　现在，我又一个人游荡在空旷的街道上，已经漫无目的地走过十五个街区了。我选择从百老汇那儿走，因为那儿的灯光最亮，我也有更多机会碰到同我一样还没回家的人。但现在都凌晨三点钟了，这里又是住宅区，跟人们普遍以为的恰恰相反，这座城市有时也会沉沉睡去。

　　就在我穿过第92号街区的时候，我跟一个男人擦肩而过，这不是一个小孩子，而是一个正儿八经的男人，一个醉鬼，手里拿着一个纸袋子，里面装着一瓶四十度的威士忌。他要分一点给我，"不用了，谢谢！"我说，并下意识地加快了步伐。但他竟转头跟上了我，纠缠着说："那你从我这里买点别的，怎么样？"我心下有些慌张，强作镇定地说："我现在身无分文。"他说："是呀！没错！"我说："我一贫如洗，可能比你还要一贫如洗呢。"这话一说，倒惹怒他了：

"谁说我一贫如洗了，你为什么会觉得我破产了，我只是想要你兜里的钱罢了。"这时，我开始跑起来，为什么不跑呢，难道还要站在这里等着人家证明你所言非虚吗？况且，我有什么好证明的。我听到身后有玻璃被打碎的声音，他也跑了起来，我甚至能听到他粗重的喘息声，他是个体格健壮的大家伙，腿很长，但我的速度也非常快。我在学校参加全民体能测试的时候，可是得过高分的，爆发力和灵活性都是我的强项，不过，力量一直是我的软肋，所以如果跟他打起来，我毫无胜算的可能。不能停下来，我对自己说，再怎么说他也是个男人，而你只是一个小姑娘，你有大麻烦了，赶快拼尽全力跑回家去！但很快我就意识到，有只手搭上了我的肩膀，慌乱中我摔倒了，竟然侥幸逃过了他的魔掌。可我现在正位于西区大道的拐弯处，刚好碰上了红灯，正在这时，突然有一辆出租车在我面前停了下来，对我按喇叭，也对着他按喇叭。当时正下着绵密密的小雨，我这才发现，有束光打在我身上，也打在了那辆出租车上。司机启动了雨刷，那个男人见状就离开了。"浑蛋！败类！"我长舒了一口气。我向那个出租车司机挥了挥手，做了一个夸张的"谢谢"的口型，确保他可以看得到，但他好像并不知道我为什么要跟他说谢谢，再一次不耐烦地向我按了喇叭。

又走了六条街后，我终于到家了，我几乎是一口气跑回家的。我们住在一栋高大的公寓楼里，没有门卫，非常干净，最重要的是租金相对稳定。这里一开始是我爸爸的住地，在那之前是他的姑姑住在这里。"这是我从这段婚姻得到的最好的东西了。"我妈妈很喜欢这么说。但她忽略了一个事实：嘿！你明明还从中得到了两个孩子好不好？我们有一个餐厅和一个凹进去、带两个大窗户的小客厅，所以房间的日照非常充足，白天很亮堂。厨房的地板上装饰着黑白相间的瓷砖，锅碗瓢盆挂得到处都是，那些钩子还是我爸爸生前装上去的，窗户那里有一个散热器，是顶着窗框的上沿安装的。有三间卧室，每间卧室都配有一个独立的衣橱，窗户正对着一条幽静的小巷。还有一个贴着粉色地砖的浴室，里面放了一个很大的浴盆，每天放学回家，我都会躺在浴盆里泡很长时间，一边洗澡，一边看书。虽然我们没有多少钱，但这所公寓让我们看起来还算富裕，不用像纽约很多到处租房的人一样，更别提剩下的那些住在棚屋、帐篷，甚至是无家可归的人了。你可以关上门，过自己的小日子，阳光从后巷悄悄地投射进来：别管了，我们就是百万富翁。

但自从我妈妈开始举办派对，我们家就变了，刚从电梯里出来，我就已经闻到玄关那边飘过来的廉价咖啡味了。家里遍布吸毒者的新生活，让我开始怀念只有一个瘾君子父亲的日子，事情虽很糟糕，但至少在一英里外你什么也闻不到。

当我走进大门的时候，唯一想做的事就是扑到我妈妈的怀里放肆地哭出来，但我知道我不能，因为一旦我告诉她自己出门不安全，周末就会被强迫禁足，待在家里哪儿也不能去。所以，我就只好默默地穿过客厅，那儿四仰八叉地躺着六七个男人，地毯上、沙发上，还有那把黑色的躺椅上。他们已经衰老了，胡子拉碴的，大部分都是秃顶，还有几个已经开始慢慢"囤积"将军肚了，所有这些衰老的症状都在我的面前一览无余。他们都已经一百岁了吗？我爸爸也像他们这么老吗？妈妈坐在地板上，背靠着沙发，我看到有一个脑袋枕在她的大腿上，那人的身子在她旁边伸展着，双腿则隐没在一条又长又矮的桌子下面。如此这般，就是这派对的残局。

他们都很开心地叫着我的名字，静止的画面流动了起来，毕竟他们面前站着一个年轻人。"你今晚过得怎么样？"我妈妈直了直身子，眼神迷离地问道。她的衬衫松垮垮的，没有裸着，但当然也没穿多少衣服。这就是你认为的乐趣吗？我常常想要这样问她，这就是我将来要期待的日子吗？"跟往常一样。"我简短地回答她，我对她很生气，一整晚都在努力克制，现在，我的怒火喷薄而出，像一团跳动的红色火焰，盛放在这乱糟糟的客厅里。"我要去睡了。""别呀，坐下来，跟我们聊聊天嘛！"一个男人说道，看上去满身颓败，"跟我们讲讲，你今天跟孩子们玩得怎么样？"

关于成年人，我现在明白了一件事情：没有哪个比少年人更酷了。即使是在最糟糕的情况下，我们的眼神依旧是清澈的，我们有足够的知识去了解这个浑浊世故的世界。人们总说，在他们上大学或是二十岁之前，或是一切错误被纠正之前，他们从来没有这么酷过。其实，当我们走过少年时期，游戏就已经结束了，后面的日子，不过是提着一口气坚持到阳寿耗尽。因为我正处于人生的巅峰时期，所以我知道我比这些男人都要强。

我要怎样才能把这些人从我的房子里赶出去呢？我决定清理我的家，我大声地轰他们起来，收拾桌子，收拾红花米饭上盖着甘蓝碎叶的碗，掐灭了一根根香烟，把它们集中到一个碗里，也就是那个被默认的"烟灰缸"。还剩下半个大甘蓝和一些萝卜沙拉——这是明天的午饭，我估计——桌角有一些豆腐酱残渣，一只整的鱼骨头，内脏被挑在旁边，附近还有一个软塌塌的香蕉皮。我的动作幅度很大，收拾得也很快，弄出了叮叮当当的响声。一小块看上去很昂贵的楔形奶酪，融化了一半，正顽固地粘在砧板上，为它们珍爱的生命做最后的一搏。我把它们包起来，放在保鲜盒里，那是我的奶酪。剩下的就没有什么能吸引我的东西了，但是食物终究是食物，况且我们家的碗橱里通常都是空的，所以我把它们全都装进了特百惠的保鲜盒里。

当我把一切都收拾妥当之后，冰箱看起来满当当的，这种感觉很舒服，我爸爸在世的时候，我们也没过过富足的日子——在公立学校读书，去旧衣店买衣服，也没度过假——但我们从来没有为食物担心过。最糟糕的时候，他也能从他的厨师岗位上带些吃的回家，最好的时候，他创作的歌能获得一笔丰厚的版权费用，这样的意外惊喜，通常能让我们吃上一顿牛排，一块简单的三分熟黑椒牛排，虽然只是解解馋，但也足够幸福了。

可后来我们整整一年都没有吃饱过，直到妈妈开始举办这些派对，她已经尽她所有的努力了，我心里的愧疚油然而生：也许我能帮上点忙，我开始洗那些碗。

正当我擦洗那些罐子的时候，那些男人开始在房间里不安分地

154

走来走去，眼睛齐刷刷地看向我。

"是不是过了你的就寝时间了？"

"不抱抱一个老朋友吗？"

"需要帮忙吗？"

"你全都弄错了。"

"它们只是盘子而已。"我不耐烦地说。

"你看上去很累啊。"一个男人说，那个浑蛋，我甚至都没有转过身去看他，何必麻烦呢，他根本不值得我浪费时间。"你需要按摩一下吗？"他继续厚颜无耻地说，还没等到我回答，他就走到我身后，把手放在了我的身上。这所公寓到底算什么，这都变成什么样了？一个随便哪个男人都可以对你动手动脚的地方，我妈妈从她婚姻中得到的最好的东西，却成了我这辈子最大的噩梦。

当然，还有他两腿之间的那个东西，我在这些男人身上没少感受到过那东西，现在他正用它抵着我呢。"我要休息一下。"我说。"你的态度糟糕透了。"那个男人埋怨道，满嘴威士忌的味道，一个恶魔的气息瞬间笼罩了我。我能感觉到他那恶心的胡子正扎着我的脖子，我发誓，余下的大半辈子我绝不会跟胡子拉碴的男人约会。我用胳膊肘抵开了他，他一只手抓住了我的胳膊，另一只手则压着我的手腕，把我推到桌台上。"这是我家！"我强调道。我哭了起来，但他对此好像丝毫不在意，因为这正是这群男人的作风，这正是他们进攻的开始。当你疲惫不堪，你太年幼，你受够了这一切，你甚至一整晚都受到来自另一个人渣的威胁，你很虚弱也很脆弱，而你的爸爸已经死了，妈妈正意志消沉，哥哥现在又住在城里，你唯一想做的，就是把你的房子清理干净，然后上床睡觉。

接着，突然有一个男人出声制止，我一屁股坐在了地板上，那是因为我妈妈从另一个房间里大声发出警告："所有人都滚出去！出去！"不管怎么说，那是最后一次举办这种派对，虽然后来我们家还举办过别的派对——毕业派对、生日派对、迎婴派对等，但再也没有办过像这样乌烟瘴气的派对了。最后那次派对过后不久，我妈妈从她的父母那里借了一笔钱，虽然她真的很讨厌他们，但有时候我们的确是别无选择。几个月后，我爸爸之前创作的一首歌的版税费用寄到了，那是为 20 世纪 60 年代的一部电视剧创作的，最近这部电视剧又在有线电视上重播了。后来，我妈妈的朋友贝齐离开了她的第二任丈夫，得到了一笔多得不知道怎么花的赡养费，而我妈妈最后也找到了一份新的工作，我们终于不再靠救济过活了。哈利路亚，这对她来说意义非凡，因为这个全新的生活是她自己一手打造出来的。

　　不过后来发生的这些，我却一无所知，我妈妈把那些男人全都赶出家门时，我已经精疲力竭地回自己的卧室去了。进了房间，我忍不住哭了起来，想到了被我藏在保鲜盒里的那块奶酪，无比确信那将是我接下来能吃到的最好的东西了。后来，妈妈走了进来，坐在我的床边，跟我道歉。她以前也做过同样的事情：她在我身边躺了下来，身体无力地蜷缩成了一团，既是道歉，也是自我安慰。没有一个活人不想从我身上得到点什么，我觉得，没有任何行为是毫无目的的一时冲动，都说天下没有免费的午餐，的确没有什么是纯粹的。

　　"我一直跟你说，"我对她说，"这些人都很恶心，这些男人都恶心透了。""我以前不知道。"她有气无力地说，仿佛今天发生的一切都无比突然。我转过身，凝视着她呆滞的脸庞，无法辨别那里藏着的究竟是愚蠢还是谎言，不管怎么说，我实在想不出还能有多少比这更糟糕的事情发生。

　　"出去！"我已经无力多说什么，"你出去！看在上帝的分儿上，让我睡个安稳觉吧！"

　　我再也不能像以前那样心无杂念地安然入眠了，她带上门出去的时候，我的脑海里再度浮现出了这个想法。我紧紧地抱住自己，缩成一团，我自己的身体，我自己的舒适区。

第三部分

我心中的完美人生

在我眼中，英迪格的人生就像一座结构精密的
建筑，一直都是优雅而精致的，拥有倾世的美丽，
令人望之而不可即。

尼娜

我的同事尼娜要做她的第一次大场面工作汇报，为此，几周以来她一直在熬夜工作。她很紧张，所以我也陪她熬了几个晚上，协助她完成，因为我完全能够体会她的心情，我很清楚刚着手做会有多兵荒马乱，否则这些天我也不会有那么多事情要做。有天晚上，她向我表达了她对自己职业生涯的焦虑。"我觉得自己有一个很大的秘密，那就是我根本不知道自己在做什么，被他们发现只不过是时间的问题。"她说。我告诉她，她和其他人一样有才华、有资格胜任现在的工作，但我没跟她说的是，她也许能够胜任比这份工作更好的工作，她现在应该从这个地方跳脱出去。不过，实际上对她这个年龄的人来说，这的确是一份非常称心的工作，但对我这个年龄的人而言，可能算不上什么好工作，也许我现在更应该好好跟自己谈一谈。

我们的老板，布莱斯（Bryce），有几个晚上也在那儿，站在我们的格子间前面，含糊其词地说了一些支持我们但却空无意义的话，类似："你们两个还在工作呢？""你们对工作的勤奋、认真我都记在心里了，但不要熬得太晚，记住：工作和生活要保持平衡。"他在汉普顿斯有一个小别墅，他的妻子在另一家大公司上班，他们家还有一艘船，那些东西他全都拍了照片放在办公室里了。有天晚上，布莱斯站在我们的工位旁查看我们的工作，还让尼娜对图片像素做了一些不必要的改动。"把它放回去。"他走了以后，我对尼娜说，"我发誓他绝对不会注意到的。"但尼娜坚持不再改动。

工作汇报前的那个周末，我跟一个叫马修的男人约会，进行了一次非常糟糕的谈话，由于种种原因，那次谈话真的是糟透了。接着，我又回家跟我妈妈通了一个同样糟糕的电话，难道每次争论都非得要以我声嘶力竭地泪流满面而告终吗？每顿饭都要这样不欢而散吗？甚至每次呼吸都要这么痛苦吗？现在，没错，我决定了，我需要再放一天假！所以周一那天我请了病假，抽了一整天的烟，在Seamless（美国的一家在线订餐公司）上点了比萨和健怡可乐，然后一个人把这些东西全吃掉了。

吃完之后我独自去河边走了走，我想了很多，想到了死亡，我自己的死亡，还有跟我相关的每个人的死亡。我站在建筑工地旁边的一个码头上，很久很久以前，人们总喜欢从这里眺望来世，将自己从一个深渊的边缘抛进另一个深渊，宁静地、孤独地死去。但一次浪漫而充满英雄色彩的诀别，至少应该高调地纵身一跃，跳向远处的河水中，激荡起巨大的水花。然后大量的河水会灌入你的身体，直到你再也无法呼吸，彻底沉入水底。弥留之际，你可能会想：当我离开了这个世界，他们会想念我吗？但更可能，只是简单的一句：上帝啊！

只不过，这里不是大海，而是东河，我不会就这样死去，从这里纵身一跃没有任何意义，也许只能跳二十英尺。那一刻，死亡似乎离我分外遥远，我只是想知道死亡到底是一个怎样的概念。所以我就回家了，喝了半瓶酒之后，开始自慰，然后昏睡过去，直到第二天早上醒来，简单收拾一下就去上班了，因为今天是尼娜的工作汇报，我已经等不及要看她的表现了。

然后我看到了下面的这一切：她穿了一件淡紫色条纹的紧身裙来上班，那衣服像是一圈裹在她身上的绷带。她到底是怎么把它穿上的？我很好奇，但我没有问她，她看上去很漂亮，她那小巧轻薄的衣服看上去很讨人喜欢，不过也有点不太正式。或许，那才是真正的尼娜，她的全部，那丰满的上围，凹凸有致的身材，包裹在小巧的紧身丝裙里，这不是办公室着装，但这是尼娜的着装。

还有精致的妆容、迷人的香水味、钻石耳环、高跟鞋，所有这些，完全是一派要去参加盛大晚宴的行头。

我努力地回想自己第一次做工作汇报是怎样的穿着，但怎么也想不起来，因为那都已经是十多年前的事了。尼娜一直以来都是设计师，她完全能驾驭自己的这套行头，她今年也二十六岁了，从大学时代开始就一直上 Ins，以一种我永远无法理解，或者至少不再关心的方式，来认识世界、外貌和欲望。

"你看上去很漂亮。"我诚恳地说。

"这就是件旧衣服。"她面无表情地说，虽然看上去很有魅力，但她依旧很紧张。我爱她的体贴，也爱她的努力。

"你没问题的，尼娜。"我说。

聆听她的工作汇报时，真的很难将目光从她身上移开，这样一个尤物，她是那样青春靓丽，玲珑而丰满的身材是那样楚楚动人。我看向在场的每一个人，看看他们到底是在倾听她的汇报，还是欣赏她暴露的身体，全场只有两个人聚精会神地看着尼娜，那就是布莱斯和我。如果说这场汇报演讲是为谁准备的话，那就是他了，我跟他共事那么长时间，多少还是了解他的，他很擅长集中自己的注意力，或者至少看上去很专注。剩下的每个人好像都更专注于他们的手机，只是偶尔抬起头看看她。如果是我们那个年代，男人们应该会目不转睛地以一种男性欣赏尤物的视角盯着她看，现在这样，我不知道算是一种进步，还是一种侮辱。

我想起了自己以前这样穿衣服的时候，当然啦，肯定不会穿那件裙子，不过也是这种款式的衣服。我再也不会那么穿了，如此着装的那些日子里，我收获了不少经验教训，好的经验、糟糕的教训、无聊的体验，所有这些给我最大的感受就是，不管你有多洁身自好，身体上、精神上，总会有很多男人想方设法从你身上寻找一些权利，即使只是用他们锐利的目光。

我看着尼娜，仿佛很多年前的那些感受和体会一下子重又涌上心头，我的灵魂已然飘出身体，拂过她年轻貌美的肉体。我重重地吸了一口气，不自觉地舒缓有些焦灼的心情，所有人都莫名其妙地看向我。"不好意思。"意识到自己的失态，我赶忙轻声致歉，从餐盘里拿起一块小的火腿三明治。只要有人拿起第一块三明治，很快大家就会争相效仿，一时之间，尼娜在上面演讲，而我们全都在下面吃东西。很抱歉，尼娜！

　　我们的炫耀性消费对尼娜并没有产生丝毫影响，她的工作汇报做得非常完美：她的表现流畅自然，准备得很充足，这种从容贯穿了她的整个演讲。布莱斯问了一个问题，他话音未落，她就抢着回答了，她不是一个有远见的人，但她比在场的任何人都要清楚自己正在讨论的事情，这是我无法匹敌的，我为她感到骄傲。

　　之后，回到工位上，我跟她击掌庆祝，我们都笑得很开怀。"晚一点出去喝一杯，怎么样？"我饶有兴致地提议。"干脆我们现在就出去喝一杯吧！"她说。现在是下午两点，我的邮箱里躺着一封来自我妈妈的邮件，她就之前的行为向我道歉，我不想回复她。关了电脑之后，我们小心翼翼地离开了大楼，去了六个街区以外的一家旅馆酒吧。我点了一杯曼哈顿鸡尾酒，而尼娜则要了一杯马提尼，我们几乎是一饮而尽，然后又点了一轮，不久之后我们便难以为继。尼娜不停地查看她的手机，手机也不负所托，报之以一连串的短信，他们才是真爱啊！"你觉得会有人注意到我们擅自离岗吗？"她问。"他们会注意到那件衣服不在了。"我说。她笑了，接着说道："那件衣服很辣，是不是？"我端起酒杯，喝光了最后那点酒，问她为什么要穿那件衣服。"你没注意到大家都在盯着你的身体看吗？我是说，我一直盯着你看来着，我觉得光看你就足够了。"

"我才不管是不是有人火辣辣地看着我呢，只要他们能记住我就好了。"她说，"我压根儿就不相信任何人。""我也是。"我说。我们又喝了很多酒，开始分享彼此的秘密，关于男人们对我们做过的那些事，那些可怕的事情。自从我慢慢变老之后，那种可怕的事情发生在我身上的频率也越来越高了。但是她还有一段缘结韩裔的情史，在这个国家，总有很多人对跟亚裔交往趋之若鹜，而我，一个普普通通的犹太裔女人，自然没有必要跟这种风气较劲。她与我分享了一些往事：可恶的高中老师，可恶的大学教授，令人厌恶的龌龊小人。"还真的从来没有人像那样在地下通道里跟踪过我。"我坦白说。"像那样的事情，每隔一周就会发生在我身上一次。"她说着，又看了一眼自己的手机，叹了一口气，她的等待仍旧没有得偿所愿。

我跟她说了我爸爸去世后经常来我家的那些男人，我妈妈邀请的全都是那些毒瘾成性的社会激进分子，其中有些人死皮赖脸拉我坐到他们的腿上，我都能感觉到他们身下的硬物无耻地抵着我。"我就是那么得到关注的，不管是否心甘情愿，"我说，"这一直都是我和他们之间的秘密。"

"他们有插进去过吗？"她好奇地问。"就算是在家里，我也一直都是穿着裤子吃饭的。"我无力地解释道。

又喝了一杯，我们开始分享那些被强暴的往事，几乎每个女人都有过那样不堪回首的过去，如果每听到一次这样的故事我都能得到一枚五分镍币的话，那现在我已经能用它们买一个巨大的毛绒枕头了，正好拿来掩饰自己泪迹斑斑的脸。猥亵、约会强奸、强暴，在我看来都一样，靠的够近就算强奸。有一次，一个朋友跟我详细讲述了她差点窒息而死的一件往事。那是在一次宴会上，她奋力反抗一个醉汉的强暴，他撕烂了她的衣服，划伤了她的皮肤，掐着她的脖子，让她差点憋死，最后她用拳头击中了他的眼睛，这才侥幸逃过一劫。不过她反复强调：他的确是强奸未遂。"感谢上帝，还好什么都没有发生。"她对我说，有种此地无银的尴尬。我颇有深意地看着她，"是啊，"我缓缓地说，"感谢上帝！"

尼娜的手机一直在振动，她看了一眼，干脆把它翻过来扔在一边，心思颇重地叹了一口气，说："无所谓啦！"我赞同道："没错！"我们故作潇洒地碰了杯，我不止一次地跟她说，那个工作汇报她做得很好，她将信将疑地问我："你确定？"我无比坚定地看着她的眼睛说："当然！"她还是不敢相信："你不会骗我的，对吧？"我说："尼娜，我不是来欺骗你的，我是你的朋友。"她深情地看了我一眼，叫了声"姐"，我爽快地应了她："这就对了，妹妹！"

又痛饮了三杯后，已经是下午五点了，酒吧也逐渐客满，尼娜不小心洒了点鸡尾酒在她的衣服上。因为那酒是无色的，所以也不太能看得出来，可虽然如此，她对此好像还是很懊恼，突然拿起她的手包，跌跌撞撞地穿过酒吧。我猜她是想去盥洗室，结果却往厨房的方向去了，这突如其来的一幕瞬间吸引了很多人的注意。一个侍者见状，赶忙走过去扶住她，把她引到正确的方向上。看着发生的这一切，我禁不住对自己轻笑：妈呀！尼娜，看看你，还有你那条紧身的小裙子。

就在这时，她的手机响了，她把它落在这儿了，我看向它，一方面，我不小心瞥到了，另一方面，我的确很想知道她没对我公开的那部分生活里正上演着怎样的剧情。那是布莱斯给她发的短信，说他很高兴她到底还是买了那条裙子，然后是另一条短信，他说她穿上去显得特别性感，又来了一条，告诉她他想把它从她身上脱下来，然后又一条短信是约她七点钟见面，最后一条是暗示她具体的口交诉求，也希望她给他口交。虽然没有很惊讶，但不知何故竟有种说不出的滋味，我对自己说：天哪！我根本不需要去跳崖或是跳海寻死，因为每天都有不可思议的事情打击等着我，我已经在慢慢死去了。现在我唯一该做的就是清醒过来，离开这个酒吧。

英迪格离婚了

　　我们约在他们家附近一家咖啡馆的后花园里见的面，阳光透过其装饰屋顶的木制横梁，轻柔地洒在我们身上，那横梁上还缠绕着光泽鲜润的葡萄藤，拨开层层嫩叶，会发现有许多新生的绿色葡萄藏在蜿蜒的藤蔓之间，乳头大小，甚是可爱。英迪格太瘦了，简直成了皮包骨头，怀孕后激增的幸福肥也几乎消瘦殆尽了。她戴了一条长长的围巾，那是一条闪闪发亮的灰色真丝围巾，穿着一条飘逸的黑色连衣裙，裙子的上围和裙底都镶嵌着水晶，这是她出席葬礼才会穿的衣服。

　　看她这副模样，我很是不忍："告诉我，到底发生了什么？"

　　她的丈夫托德，已经搬到了他办公室附近的一个公司公寓去了。

168

“就算他回家，所有的一切也都无法挽回了。”她说。“可怜的小埃夫拉伊姆！”我叹息道。他正坐在她旁边的婴儿椅上休息呢。“他一定很想念他的爸爸。”“你不能去想那些已经离你而去的东西。”她忧郁而绝望地说。

她妈妈一听到这个消息，就立刻从特立尼达岛赶过来陪她了，我们坐在这儿聊天的当口，她正在家里打扫清洁呢。“她解聘了家里的清洁女仆，”英迪格说，“现在我再也摆脱不了她了。”她深深地吸了一口气，短暂的冥想之后，颇为凝重地说。我原想，总算能有些事情慰藉她的创伤了，还等着她能说出一些原谅或自我纾解的话呢，“我真不敢相信，在未来的十八年里我妈会一直待在我家，跟我一起生活。”她百感交集地说。

“我看倒不见得。”我说。我原本以为他们的故事会是截然不同的结果，离婚，或许会，但至少也应该是十年后的事情，那时他们应该有了另一个孩子，甚至两个孩子也说不定。我们总是会对我们的朋友寄托太多关于幸福的期望，我还以为她已经永远地离开我，去到那个娃娃的世界，就像我生命中其他那些结婚生子的朋友一样：米里亚姆（Miriam）婚后和霍华德（Howard）就带着两个双胞胎孩子搬到康涅狄格州，最终在康涅狄格州一处破败不堪的老房子里定居了；还有彼得（Peter）和格伦（Glenn），他们搬到了哥伦比亚特区的城郊，一方面是为了格伦的工作，同时还因为那个地方可以更好地抚养他们领养的中国宝宝卡桑德拉（Cassandra）；帕姆（Pam），我最亲爱的帕姆，他倒是哪儿也没搬，还在阿斯托里亚（Astoria）那栋老公寓，只不过人不知道去哪儿了，现在住在里面的是一个早前在战争中投降的大兵。

我特别喜欢远远地看着英迪格，她就好像经过一整天的行驶之后，从后视镜里看到的一方落日，我歆羡她生命中的那些美好的事情，环绕着她的那片色彩鲜丽的天空。她看上去总是那么意气风发，她有一个很爱她的新婚丈夫，她的公寓里有那么大一扇落地窗，而且你几乎听不到下面街道传来的任何声音。那样的人生，就算它并不存在于我的生命中，我也乐于了解它的存在。

侍者将茶品端了上来，但我们俩谁都没有碰。

他们结婚不过短短两年，从一开始，托德就没在那里，他的工作节奏非但没有放慢，好像还增加了不少工作。他在华尔街上班，那里距特里贝卡的阁楼很近，步行就可以去上班了，但他好像总是乘坐出租车回家，那他到底是从哪里回来的呢？他的那些时间都用来干什么了呢？孩子出生之前，她每天都能在吃晚饭的时候见到他，晚饭过后他们还会一起到城里去逛一逛。生下孩子以后，她一直一个人在家，他们是如何一步步走到劳燕分飞的境地的呢？难道他一点也不爱这个孩子吗？他都不想看看孩子吗？甚至说，他喜欢这个孩子吗？这是他的孩子，看看这个孩子，她为他生下的这个孩子，代表了她对他的爱，她可以给他生很多孩子。

"你喜欢你的孩子吗？"她问。

"我很喜欢他。"他如斯回答。

"他就是我啊！"她说。

"他不是你，"而他平静且淡漠地回答，"但也不能说完全不是你。"

"你走过去打他了吗？"我忍不住问，"你怎么不拿餐刀捅他呀？我想你能开罪的，我真的觉得陪审团肯定会站在你这边的。"

"没有，我很糟糕，他说的都没错。"她失魂落魄地说，"我以前从来都没有这样过，只不过实在不能忍受他无视埃斐，因为他是来自天堂的一个无比珍贵的小天使，一个精致的小宝贝，他需要爱。"说着，她解开了脖子上那条闪闪发亮的围巾，"我在自己的空间感觉很舒适，你知道吗？我在这里，你也在这里，我们都生活在这个小星球上，分享着共同的空间。"

她两手分别拉着围巾的两端，下意识地将围巾的边缘包裹住两个手腕，看上去是要把自己捆起来，就像在进行某种仪式，但又让人觉得极其陌生，这无疑是她即时发明的。

"你一直在做冥想吗？"

"托德也经常这么问我，"她突然大声说，话语中充满怨气，"我当然是在冥想，我冥想他个大头鬼！"突然，她像是想到了什么，停下了手中的动作，围巾随即滑落到她的膝盖上，"我想如果我能把怀孕期间增肥的部分减下去，应该会有所转机，托德一直很爱我的身体。"英迪格是一名身材火辣的瑜伽教练，我们都很羡慕她的身材。

"你知道的，那么做也无济于事，"我说，"那根本就不是问题所在。不管怎么说，即便你怀孕了，你依旧很惊艳。"这是事实，她一直面色红润，看上去纤瘦高挑，直到孩子快出生的时候，腹部才高高隆起，但看上去依旧很迷人。那不是她身材的问题，不是她曲线的问题，更不是她心思放在孩子身上的问题。

是托德，那是他的错，他有了外遇。"他怎么会有时间？"英迪格悲痛地说。"跟一个女人上床又用不了多长时间，"我说，"有时候，如果实在迫切想要的话，几秒钟就能进去。"她抬头看天空，无声地抽泣着。"对不起,"我说,"我不该那么直接地谈论你丈夫的那方面。"英迪格一脸生无可恋地摇摇头,表示没关系,他的阳物就是他的阳物,谈论它也改变不了他出轨的事实,改变不了他跟那个毕业于史密斯大学的市场总监纵情欢爱过的事实,那个从事化妆品行业的唇线夸张的女人。"你到底费了多少心思才在谷歌上查到她的?"我惊诧地问。"费了好一番功夫。"她说,"他们是在突尼斯认识的,他当时要去处理一项小额贷款业务,而她刚好在那里度假,我看到他们两个一起拍的照片,两个人端着鸡尾酒杯。"听到这里,我倒吸了一口气。"还互相喂水果块。"她接着说。"恶心死了!"我恨恨地说。

"我正在努力地克服这种挫败感。"她迷茫地看向天空,似乎在寻求上帝的指引。

我本来以为这辈子再也不会跟英迪格有来往了,自从她有了孩子之后,我就见过她一次,那还是我早就计划好的分道扬镳。而现在,我本可以对她的窘境幸灾乐祸,但是我不会,因为她都已经这样了:既痛苦又焦躁,更像我了。"但凡有需要我的地方,"我诚恳地说,"你尽管开口!"我一直都是这样,如果她需要听的话,我很愿意跟她同仇敌忾。"你丈夫就是个渣男。"我义愤填膺地说。我的英迪格，她曾经教我如何通过鼻息呼吸练习平和自己的思绪，每次看到她，她都会坚持说我很漂亮，双手抓住我的手腕，抬起我的胳膊至肩膀的高度，然后又抬到颈部。"看看你，"她总会说，"看看你多漂亮！"

　　我这才意识到，一直以来我并不曾了解过她的生活境况，在我沉沦于自己的快乐和痛苦时，在我蹉跎岁月、无病呻吟时，竟鲜少见证她的人生。在我眼中，英迪格的人生就像一座结构精密的建筑，一直都是优雅而精致的，拥有倾世的美丽，令人望之而不可即。而我的呢，就像一锅乱炖，情绪、感受和一堆酸涩的回忆胡乱堆放在一起，任岁月的火候潦草烹煮。那里有太多艰辛，太多焦虑，太多无法言说的五味杂陈，可你真的品尝过那种滋味吗？不妨尝尝看吧，很美味的。

　　英迪格的电话响了。"我去接个电话，是我的律师打来的。"说罢，她起身离开院子，走之前把孩子递给了我，问都没问我想不想帮她带孩子。坦白说，这样真的很粗鲁，并不像我以前认识的英迪格，就这么让我抱着我甚至都不太了解的小生物。但我还是把他抱了过来，我让他把玩我的头发，弄出亲吻的声音逗他玩。我想起了我那个在新汉普郡的侄女——那个快死了的孩子，她从来就没有清醒过，想到这里，我不禁喉头一紧。埃斐有种让人难以抗拒的机灵可爱，可怜的西格丽德，她连向别人耍宝的机会都没有，我敢打赌她一定会有很多好玩的小把戏。"谁能不爱你呢，埃斐？谁会不想分分秒秒都陪在你身边呢？"他好奇地伸出手，去摸我的脸，我的两颊，我的嘴唇，我的下巴，发出婴儿特有的咕哝声，咯咯咯直笑。"将来你会变成一个什么样的浑蛋呢，埃斐？"他像听懂了似的，委屈地垂下了小脑袋。我温柔地将埃斐抱了起来，小家伙的"魔力"让我情不自禁地想抱起他。

英迪格回到了餐桌前，看上去跟刚才截然不同，衣袂翩跹，呼吸也轻快了很多。"你会变得多有钱？"我问。"我刚跟他结婚那会儿，就已经很富有了。"她回答我，"现在只有一个问题，那就是保持富有。"然后她又恢复了常态，被自己的话吓了一大跳。她闭上眼睛深深吸了一口气，像是努力在虚空中寻找着某种难以捉摸的东西——内心深处的自己，哪怕寻得一丝踪迹也能让她感到分外满足。

"那些钱是给埃斐的，不是给我的，既然他现在就能轻而易举地离开埃斐，谁知道将来他还会不会愿意照顾他？"她从我手里接过埃斐。再见啦，小埃斐，今后怕是要认不出你了。"我才不在乎那些钱呢，你知道的，我从来都没把钱当回事，对吗？"我点点头。"我爱他，他是那么聪明，那么成功，还那么帅，坏坏的帅，他对我是那样宠溺，牵着我的手，带我开启幸福之门，你想要一个男人为你做的所有事，他都做到了。不过，他不是很风趣，我们俩中间，我才是风趣的那个，你能相信吗？我根本没那么有趣。"她似乎陷入了对往昔的回忆当中，余味无穷地说。"你的确没那么风趣。"我赞同道。"我真的一点也不风趣。"她又强调了一遍。"所以，你想想他有多无聊吧。你不会想要跟一个无聊的呆瓜过下半辈子的。"我说。"但是我想，"她说，"说实话，我真的想。"

后来我们终于还是喝起茶来了，不过都已经凉了，除了多加的咖啡因之外，已经没什么好喝的了。英迪格从她的手包里拿出了一个小瓶子，在她的茶杯里挤了几滴液体。"我在净化这杯茶，"她说，"我想把这里面所有的毒素都清除出去。""我也想，"我说，"那东西也给我来点吧！"她在我的杯子里也挤了几滴，我们一起举杯，慢慢品起了那杯茶。

我们坐在这里，自我净化。

"你过得还好吗？"她说。

"我一直都那样啊，不过我今年四十岁了。"

"看上去不大可能啊。"她对我说。

"你不能定格时间。"我说。

我没有跟她透露任何我生活中发生的事，我的那些约会，我有多讨厌我的工作；每天的工作如何使我的灵魂逐渐褪色；最近我哥哥在电话里听上去有多悲伤；比起看上去的风平浪静，我有多么思念我死去的爸爸；我有多想念我的妈妈，但纽约再也没有什么值得她留恋的了，她也断不会再回到这里来，种种这些我都没有跟她说。这些事情我好像都应该跟她说的，但现在这种情况，我那堆烂摊子还是不说为妙，我也不想她因为我的事情再烦心。如果我把这些小悲剧告诉她，那么它们会被复制到另一个人的世界，英迪格的世界，况且今天要说的不是我，是她。

然后，我跟她说起了在切尔西一个小型艺术展上看到一些画作，那些画很古朴也很漂亮，所有的颜料都来自大自然。创作那些画的男画家是一个土生土长的路易斯安那州人，他和家人一起住在一个农场里，他创作那些画的主题就是那附近的沼泽地。我仔细看了他的艺术家声明，上面说，他为了创作这组画，整整一年的时间每天日落时分，都会驾驶一个小汽艇漂浮在那片沼泽上，这极大地启发了他的创作灵感，那组画作的大部分灵感都来源于此。除此之外，其他方面的借鉴微乎其微，不是人类社会，不是政治，不是战争，不是爱，不是钱，不是生与死，只有柏树林、沼泽水、被晚霞染红的天空，还有尾巴偶尔探出水面的可怕的鳄鱼。

她突然重喘了一声，吓了我一跳，我问她是否还好，她说："那是长久以来的第一次，我去到了脑海里的另外一个地方，我去了，然后又回来了。"

"那你所有的那些冥想呢？"我说。"一直没起什么作用。"她说，"我如何也忘不了它，你知道那种感觉吗？那种你拼命想要忘记的东西，却在脑子里愈加清晰的感觉。"我点了点头，平静地说："我到现在，还饱受其折磨呢。"她的呼吸平和了很多，"能够开一会儿小差真的是太好了，"她说，"谢谢你！"我紧紧地握着她的手，心想：这是我们都能为彼此做的事情。

女孩

    2003年，我搬进了一套公寓，那年我二十八九岁，那是我在纽约生活的这么些年来，第一次自己搬出来住。刚开始我跟爸爸、妈妈和哥哥一起生活，后来哥哥搬出去了，只剩下爸爸、妈妈和我，再后来就只剩下了妈妈。我去亨特学院读书那会儿，为了省钱，也还是跟她一起住在家里。现在，我觉得我可以重新开始了，结交新的朋友，构建一个脱胎换骨的新生活，人生的游轮在新航向上扬帆起航。我们虽然在一个城市，但这个新公寓离我们家的老公寓真的很远，感觉完全是在两座城市，布鲁克林到上西区，两个家中间还隔着一条河。我每天早上醒来，伸个懒腰都觉得有两尺高，因为我已经是一个成年人了。

我跟一个邻居凯文（Kevin），做了朋友，他住的公寓户型跟我的完全一样，只不过他住在我楼上那层。每个周日的清晨，他一大早就开始播放震耳欲聋的爵士灵歌，那低音透过我家的天花板，吵得我完全没法继续睡觉。这样过了几周后，我实在是忍无可忍，就爬到楼上敲他的门，让他把音乐关掉。那天他正在弄蓝莓烙饼，穿着运动短裤，他的T恤衫被脱掉了，半裸的身体看上去相当性感，虽然不是肌肉发达型的，但也很健壮、紧实，就好像肉体被结结实实地缝在骨架上似的。他赶紧穿上一件T恤，很有礼貌地向我道歉，还送了我一些烙饼，从那以后我们就成了朋友。

我们几乎每周日都会见面，有时候他会叫我去楼上吃早餐，有时候我下午会去找他，问问他在干什么，或者给他留个字条，说我买了一瓶酒，要他大约日落时分下来跟我一起喝酒。我尽量让他听起来不要有任何风花雪月的意味，尽量给他哥们儿的感觉。我努力地克制自己，只跟他喝酒，绝不跟他发生关系，但最终一切还是事与愿违。

我们聊得非常愉快，他是一名税法律师，听上去很枯燥的那种工作，但他真的很热爱他的工作，而且有很多重要的大客户。他还有涉猎房地产行业的想法：投资购买商品房，把房子装修好之后再转手卖出去。但他想在费城做那样的生意，因为他喜欢那儿，最主要的是，他在那里看到了更好的市场，很合他的心意。这是我此前从来没想过的东西，但他却可以把它们说得妙趣横生，身边能有这样一个心怀希望和梦想，并且还制订了具体实践方案的人，真是一件令人振奋的事情。

慢慢地，我们彼此越来越亲近了，他是每周日晚上跟我对饮威士忌和红酒的酒友。我们有时候会沿着河岸散步，他喝得晕头转向时曾告诉过我，女人身上有一样东西是他的最爱，他爱她们的体香，他完全就是一个体香控。"我对香水一点也不感兴趣，虽然我的确喜欢它，但是真正让我沉醉的，是女人的体香，那种从她们的皮肤下面散发出来的味道，我的天哪！那味道简直让我如痴如狂。"不过，他自己也会喷上好的古龙水，如果他喜欢某个女人身上的味道，他会毫不掩饰自己的倾心，由衷地赞美她们，送她们礼物作为回馈，比如，谢谢你身上那美妙的味道，让我为之迷醉，为之倾倒，请收下我作为回报的礼物吧。

有一段时间，我以为我爱他，或者说我以为我至少可以爱他，但有一次他提起一件事，说他绝不会带一个白人女子回家见他的妈妈，或者，准确地说，他只能带黑人女孩回家。他抱怨他的母亲，说她总是想要安排他的人生，希望他跟她一起去教堂见一些女孩。他周日本来应该要晨跑和做蓝莓烙饼的，可他单身这件事情触怒到了她，他跟我说："她问我'你想要一个骨感型的黑人女孩还是丰满型的？你想找个什么样的黑人女孩？'"所以我对他的那种朝思暮想很快就冷却下来了，因为不管我怎么努力，始终都是一个白人女子，一个犹太裔女人。

后来他交了一个女朋友，那个女人的名字叫西莉斯特（Celeste），她长得很漂亮，像个精致的模特，棕褐色的皮肤散发着奶油般温润的光泽。她大约六英尺高，很瘦，腿也很长。（答案很明显，他选择了一个骨感型的黑人女孩。）我被她惊为天人的美貌打动了，心悦诚服地对他说："恭喜你，凯文！"我由衷地祝福他，丝毫不觉得自己有什么地方能够跟像西莉斯特这样的美人竞争。我也不错，我看上去很好，胸部很丰满，腰肢纤细，臀部圆润挺翘，但又不是很宽，有一头浓密的卷发，眉毛修剪得很精致，脸颊也很红润。我所有的衣服都是黑色的，看上去很酷很潇洒，刚毅而不乏柔情，我算不得一个脱颖而出的美人，但在自己的严格管理之下，总算也能保持中等姿色。我决定从长计议，过我自己的生活。但他们晨跑回来我总能碰上，他们身着运动套装，她扎了两个好看的发辫，一边一个。他们俩大汗淋漓的，看上去很幸福，也很相爱。我突然豁然开朗：我永远也不会跟他一起跑步，所以并不只是因为我是白人，还因为我一点也不爱健身。

西莉斯特搬了进来，从那以后我跟凯文也没那么经常见面了，不过一年后，西莉斯特就搬了出去，我又开始慢慢地跟他走动起来。但他真的是整天奔赴在约会的前线，想要赶快忘记她，所以每周日都会有不同的女人出入他的公寓，而我这边自然也不输于人，有时候也会有不同的男人造访我的公寓。我们不再去敲彼此的门，毕竟这样的时候谁也不想被打扰，从此改为互通短信，他叫我"女孩"。"女孩，你在哪儿呢？"一个周日的下午他给我发了一条信息。他有时候当面也会这么叫我，听上去甜蜜而暧昧，有点南方人调情的味道。我喜欢这个称呼，因为它让我觉得自己还是个女人，觉得自己被宠爱着，我渴望感受世间一切爱的信号，我知道这是一个宠溺怜爱的称呼。但我又有一点讨厌它，因为我现在已经快三十岁了，很久以前我就不再是一个女孩了，多年前，我还是女孩的时候，却非常不喜欢别人叫我"女孩"。不过，最终我还是决定爱这个称呼胜过讨厌它，所以也就随它去了。

一个周日，我们坐在我家靠窗的那个小桌子前，看夕阳逐渐沉入东河，等待帝国大厦的灯光亮起来，他告诉我，他要离开这座城市了。在费城出售的一些房产需要他多加留意，他们公司在那里有个分部，这种两地奔波的通勤让他很是疲惫。而西莉斯特也成了他心头永远的朱砂痣，怕是此生也忘不掉了，加之他在纽约住了大半辈子，已经厌倦了作为一个黑人在这座城市的生活，他想知道外面的世界到底是什么样的。他跟我保证一定会保持联系，我感觉自己对他已经彻底死心了，这是一种背叛：他是我在这栋楼里的第一个朋友。但他应该要怎么做，永远做我的邻居吗？突然间，所有这些想法一股脑儿地冒了出来，但是我没有说出其中的任何一个。我决定继续做他的朋友，这对我来说，好像是一种成熟的行为，我在心里暗自庆幸。一切就发生在短短的一分钟之内，他永远也不会知道，他差一点就让我们两个再也无法彼此相知了。"费城也不是很远，"他说，"你可以经常过来拜访我。"但我从来没有去找过他。

　　一直有新住户进出这栋大楼，邻居换了一拨又一拨，这儿曾经只是一个破旧的河滨工业区，现在，商铺、公寓楼和自行车道填满了整座城市。还不时会有欧洲游客问你最酷、最好玩的地方在哪儿，我勉强敷衍他们，抬起手随便指了一个方向说："往那儿走。"这并非谎言，但或许我也的确不知道哪里有什么好玩的地方，很快我就四十岁了，或者说总有一天吧。我上网查了查，网上跳出了五花八门的信息，像其他人一样，我一时没记住，又查了一遍。周遭的世界让我觉得很混乱，我的家庭问题，还有那前途暗淡的职业也弄得我身心俱疲。为什么别人的日子都井然有序地过着，而我却始终没有学会如何生活呢？我没有忘记凯文，但我也没有必要追到费城去找他，归根结底，我们不就只是邻居而已吗？

不过，他仍然在我的生活中，"女孩，你在哪儿呢？"无论何时，只要他想，他就会给我发这条信息。有时我在上班，有时我刚走出瑜伽课堂，有时我正在约会，有时我正在一家博物馆里对我作为画家的失败经历感时伤怀，有时我正和一个朋友一起吃一顿昂贵可口的大餐，有时是我走在河边躲避欧洲游客的问路，有时我坐在公园的长椅上，沐浴着阳光看报，也有时是我在家。那是一个周日的晚上，我独自一个人喝了一整瓶红酒，孤单却不孤独，可的确非常孤单。但是不管我在哪儿，都会立刻回他信息，因为我想让他知道我在哪里。

随着时间的流逝，我们都老了，可我们依旧孑然一身，西莉斯特结婚了，有了一个孩子，我还是在网络上看到的消息。一个月后，凯文来纽约参加一个会议，深夜出现在我家门口，"女孩。"我一开门，他对我说。

女孩！

他给我递了一瓶红酒，这是一瓶上等的好酒，因为凯文对他自己从来都是极其好的，我也买了一瓶非常好的酒，毕竟我对自己也不差，虽然在生活中他的确比我领先得多。我说不出为什么这次会跟以往如此不同，但就是所有的一切都更来电，他紧紧地抱住我，情欲满溢的鼻息在我的颈间徘徊，我甚至都没觉得那是有意调情，他就是一个正在闻香识女人的男人。

我们开始喝酒，闲聊了很长时间之后，他终于谈起了找结婚对象这件事情，他还在找一个可以带回家见他妈妈的女人，这么多年过去了，老太太对选儿媳的标准依旧很严格，不过他承认，他跟她立场是一致的。

"我现在不是在聊别人，是在说我自己和我的经历，每当我想到要跟一个与我肤色相同且有相同经历和感受的人度过我的余生，当我穿过街道，低下头考虑，是选择旁边那条路，还是直走时，她知道我为什么要穿过街道，因为她也在做同样的事情，这就是我想要的，"他说，"我的妻子。"

"嗯哼。"我说。

"但我觉得你真的很好。"他话锋一转，说到了我。

"嗯哼。"我强装淡定。

"只是我永远也不能娶你。"他落寞地说。

"但也没人问过我想要什么呀！"我说。我是否想要结婚，是否想要一个伴儿，没有任何人考虑过我的想法。也许我并不想要结婚，或许我从来就没有想过自己会穿上新娘礼服，有生之年我一次也没想过。

"每个女孩都想要穿一次婚纱，不是吗？"他说。

当然不是，我就是活生生的证明，就在他眼前，但当你告诉一个男人你不想结婚时，会发现一件非常有趣的事情：他们不会相信你。他们会觉得你在自欺欺人或者在对他们撒谎，或是你想要用某种方法戏弄他们，到头来你会因为实话实说陷入很糟糕的境地。但是我不想认同他的观点，所以最后我提出了另一个论点。

"我也是在这里长大的，"我说，"我的父亲死了，我们一无所有，我们一直在挣扎，那真的很艰难。"

"你的确是在这里长大的，可你是白人，你生长在上西区，而我生来就是一个黑人，我在纽约东部长大。"

"你是在公园坡（Park Slope）长大的。"我笑着说。

"我小时候有很长一段时间是在纽约东部生活的，长到让我永生难忘，后来搬到了公园坡，后来又去康涅狄格州上了大学，继而又去曼哈顿的法律学院求学。即便我没有在这些地方的任何一处真正生活过，可是在美国，我始终是一个黑人，唯一可能理解在美国身为一个黑人女人是什么滋味的人。"

"你看……"我刚要开口，却发现并没有什么要补充的了。

"你们的特权是与生俱来的，"他说，"你永远也不会懂。"

"没错，我知道我永远也不会懂。"我说。我并没有恼怒，只是不想再听他说下去，不要再听他分析我，尽管他说的都无可厚非，不管是他还是我，还是我们的个人现实。

"你的人生跟我的完全不同。"他严肃地说。

"嗯，我知道。"我说。

"我们永远不会一样。"他说。

他最终还是吻了我，这已经是我们之间所能发生的最亲密的事了，以上所有的谈话和不安都是横亘在我们中间那条难以跨越的鸿沟。但是即便没有发生以上的一切，只是一个寻常老友之间的礼节吻，那也是很棒的，因为我们的嘴唇像一把锁和与其对应的钥匙，一下、两下、三下。

我推开他，无力地嘲笑他，"真的是糟透了，"我说，"走开！"

"你说的没错，的确糟透了。"他说着，顺从地举起双手。

"我的意思是，离开我家，真的，我觉得你该走了。"我习惯了自己的感受和想法被这个世界无情地打击着，但绝不是在我自己的家里，那是无法忍受的。

"对不起，我马上就走。"他说。他也的确转身走了，但五分钟之后，他又回来了，什么也没有说，只是走进来，亲吻我，那种感觉出奇地好。好吧！来吧！占有我吧，我想，无论如何，打破僵局吧！我讨厌跟你把话说得那么清楚，但是我们又都一样，选择对自己缴械投降。最重要的是，在欲望的至深之处，我们是一样的。当他一只手从后面抚过我的脖子，牢牢环住，我们满眼情欲地凝望着彼此，这刺激着我，也同样刺激着他；我们在彼此的眼睛里探知更深的欲望，这刺激着他，同样也刺激着我；当我们贪婪地嗅着彼此的味道，当我们急不可耐地舔舐着彼此的肉体，恨不能把我们的身体里里外外都融合在一起，现在我们又闭上了眼睛，就只是感受着彼此，我们是一样的。我们竟然是如此相像，这太蠢了，这一刻，我们的眼中只剩下愚不可及的放纵，然后欲望开始让我们变得更加愚蠢。

我们两个都是傻瓜，因为不管它给我们的感觉有多梦幻美好，只要一结束，立刻就会重新回到晦暗的现实。那天晚上他没有留下来，他甚至连一小时都没有多待，他看上去惊骇万分，我也有同样的感觉。"这么做是不对的。"他说，"我再也不会这么做了。"他失魂落魄地嘟囔着。但是我会，我想。

那是我最后一次见到他，从此再也没有用短信沟通，什么也没有，我们最终选择从彼此的生命中平静地逝去。我不知道这么做是否值得，我想念他，但我永远无法成为他想要的那一个，他也永远不会变成我想要的人。我是一个女孩，但不是他的女孩；他是一个男人，却不是我的男人。我们就那样点燃了爱情，又将其化为灰烬，仿佛从未穿越过彼此的生命一般，空虚而落寞。

格蕾塔

    我的嫂子来纽约参加一个会议，邀请我跟她共进午餐，我大约有一年半的时间没有见过她了。自从上次把我妈妈送去新汉普郡交给他们，就再也没见过，但这并不意味着我再没管过他们，我每周日都会给他们打电话，了解他们的生活近况，了解那个藏身山林的小家庭。以前他们都住在这里，现在他们又搬到了那里，而我只是那个被抛下的人。

    我们约在巴尔萨泽（Balthazar）见面，是格蕾塔提议的，以前她总去那里。我曾经在那儿碰到过她一两次，目睹过刚结束下班后她的狂欢，也目睹过他们那些饭局的散场。那些衣着鲜丽的传媒界女孩，她们的笑声是那样清脆入耳，仿佛声波中充满了透亮的水晶。

她们面前摆着一个喝光了的桑塞尔白葡萄酒空瓶，她向她们介绍我，说我是她的小姑子，经过多方评估之后，她们选择不相信。接着她有了一个孩子，而那孩子有先天疾病，此后不久，那档杂志也办不下去了，他们搬到了新汉普郡。他们那里也有桑塞尔白葡萄酒，但我并不觉得那味道会跟纽约的一样，关于这个我要好好问问她。

格蕾塔迟到了，女招待安排我在沿着一面镜子墙摆放的长条形软座上坐了下来，那面镜子墙的设计独具匠心，巧妙地将釉色不均匀的配板混搭在了一起。我头顶上方是灰白涂色的锡制天花板，风扇优雅地转动着，整个房间弥漫着不停歇的噪声。一个女服务员过来招呼我，"我要一杯桑塞尔白葡萄酒。"我对她说。

坐在我左手边的是一位老男人，穿着定做的西装，花白的头发看上去像顶了一头漂亮的雪堆，他正悠闲地翻着《华尔街日报》。坐在我右手边，靠近窗户的位置，是一对着装时髦的情侣，女人比男人要年轻许多，有着浓密的棕色头发，娇小的鼻子上布满了细密的小雀斑，身材纤瘦，浅金色的皮肤看上去很特别，黑色的真丝衬衫下方坠着一条银色的项链，面前还放着一杯马提尼。男人则穿着一套细条纹的西装，黑色的头发油亮亮的，手上戴了一个很大很奢华的手表。他们一直保持着俯首躬身的姿势，安静地坐着，看上去气氛很压抑。看来，这里并没什么新朋友可以交。

　　格蕾塔走进餐厅，向我这边款款而来，她今天的着装不免让人恍惚她又变回了往日的自己，从头到脚一身黑，修长纤细的金耳坠一直垂挂至肩头，高得离谱的高跟鞋看上去可没那么好穿，不过对她来说，驾驭恨天高简直是易如反掌。她比从前胖了不少，但她以前真的是太瘦了，现在这样看上去才像一个正常人，只不过胸部有一点下垂，她的头发自然地蓬松着，看上去非常性感，不过，那刘海真的是一团糟。

　　"不用起身了。"她说，所以我也没站起来，本想隔着桌子给她一个礼节性的飞吻，不过，事实证明她还是很想跟人亲近的。她别扭地倾身向前，隔着桌子探过脑袋来亲吻我的面颊，尽其所能张开双臂拥抱我，这样的姿势顶多就能抱到一半，不过最后只是在肩头轻轻拍了一下就作罢了。因为她倾身向前的时候，打翻了我的杯子，水洒到了桌子上，也顺势流到了我的腿上。

　　"对不起！真的非常抱歉……"她一脸惶然地说。"没关系的，只是一点水而已。"我一边说，一边用餐巾纸擦拭着自己，与此同时竟有一种莫名其妙的成就感，就好像接下来不管发生什么，这顿午餐我已经赢了。并不是说这顿饭是一场比赛，我只是想有那种占上风的感觉。

见此情景，餐馆的杂工赶紧过来收拾，把桌子上的水都擦干，接着一个女服务员走到格蕾塔的面前，摊开一个菜单。"先喝一杯呗！"我跟格蕾塔提议。"那赶紧上吧！"她跟我点了一样的酒，然后就迫不及待地跟我说起了她的近况，那神采飞扬的样子，仿佛有一股狂热的精气瞬间穿过她的身体，把她整个人都点亮了，而她此次的来意也渐渐明了。"我一直在承接私活，"她说，"虽然很枯燥，但却很赚钱，既然你是远程工作，就得无条件接受能得到的一切工作。"酒端上来了，我们请求先不点单。"我们需要点时间叙叙旧。"我说。

"我想我的日子过得还算有趣，"——她用手指在空中比了一个引号——"工作结束了，这就是成人世界的一部分内容吗？拿走你能得到的东西？"我不明白作为一个成年人意味着什么，或者，至少不明白作为她所说的那种成年人意味着什么。她在等我的回应。"那不就只是一种修辞吗？"我说，"你真的想知道我是怎么想的？"她点点头。"我觉得你应该明确一下你的真实想法。"我说。

服务员又过来了，我们俩不约而同地瞥了一眼菜单。"想吃什么就点，吃点好的，今天我请客。"我不知道我为什么要这么说，我想一定是某种被动攻击型的心态在作祟，但现在我完全不知道自己的真实想法，说不定我一下子产生了好几种想法，但它们实在太吵，以至于我根本无法听到呼声最高的那个，只好就顺遂了本能。

"我要来个沙拉。"她嘀咕道。"为什么？"我很不解。"我也不知道为什么。"她说。"来个汉堡包。"我对服务员说，"我们点两个汉堡。""芝士汉堡。"她补充道。"两个芝士汉堡，谢谢。"我转过身对服务员说道，"赶快再上一点酒吧！"格蕾塔杯子里的酒已经见底了，"我的意思是，现在再去给我们拿点酒来，谢谢！"我继续对服务员说。

坐在我左边的那个有钱人，翻动着手上的报纸，他把它们折成了两半，正在仔细研究其中一页上的图表呢。我右边的那一对呢，女人的眼妆已经花了，她把手从男人的手里抽了出来。她的手柔嫩光滑，很是漂亮，除了一个透明的法式美甲，手上没有任何修饰。而他的手，则攥成了拳头，看上去手掌很厚实，我想在他的手上找到一枚戒指，我猜至少可以从他那里得到侧面证实，只可惜，他的手上也是干净得无迹可寻。

"所以我来找他们商量一下，第一，看他们是否想要跟我长期合作；第二，要是我从他们那里少拿一些报酬，或者换一种交付方式，至少今年是否可以跟我合作到底。"接着，她用好大的篇幅讲起了医疗补助计划的收入上限问题，讲起自从她的杂志倒闭之后，她和我哥哥在经济上面临的那些挑战，她失去了医疗保健福利，他们是如何每时每刻都活在恐惧中的，听上去他们现在基本上对一切都感到恐惧。尽管我每周都会在电话里了解他们的生活状况，但他们之前并未提过这些，可我还是可以感觉到他们举步维艰，我又不是傻子，只不过通常我们闲聊的时候，都很随意，默契地不去提那些残酷的现实。我努力地想要让他们开心一点，给他们讲大城市发生的事情，今天从格蕾塔那里获得的信息真的让人既感到不安，又觉得枯燥无趣。然后她又提到，我哥哥挣的那点少得可怜的钱，全都是私下交易的，免去了一些税费，这倒是一件好事。说到这儿，我们俩不约而同地大笑起来，为她嫁给了一个音乐人，嫁给了爱情。

我们又叫了好多酒，我发短信给我的老板，跟他说今天剩下来的工作，我打算在家里完成，他很快便回了过来，说道："你最近经常这样吧？"我差点就回他："你不也是吗？"不过后来我改成了："大家不都这样吗？"我努力抑制心里的蠢蠢欲动，多想痛痛快快地给他发一条："来啊，想做什么尽快来呀，炒了我呀！"就好像希望他干脆回复："你知道吗，你明天不用来上班了。"但"事与愿违"，他发过来的短信写道："的确如此。"危机就这样解除了，可明天我还是要去工作，所以我到底赢得了什么？

从格蕾塔那里，我了解到了更多关于医疗保健福利和药品费用的信息。这时，我们点的食物端了上来，我想，现在是时候换个话题了，但却并没有那样，我还想深入了解，把所有的细节都弄清楚。汉堡是三分熟的，切达奶酪、小馅饼和小点心味道也相得益彰，这顿饭吃得还真是大快朵颐。薯条蘸着沙拉酱，到后来，我一杯酒也喝不下了，虽然我真的很想再来一杯，可实在是有心无力。不过我最近一直在努力地察言观色，知道什么时候该说什么话。"我们应该买一整瓶的。"格蕾塔说，她已经有些醉意了。"那可不是嘛！"我附和道。

我想要找一个轻松一点的话题，今天本来是希望能让她放松一点，开心一下的。"新汉普郡怎么样？"我说。"可别让我描述新汉普郡的生活。"她一副避之唯恐不及的样子。"好的，我不会让你说的。"我说，"太晚了。"这一声重重的叹气，忽然让我感到很茫然。

到处都是架枪的警卫，草坪上立着特朗普的宣传标牌，没有书店，她只好钻进车里，去哪儿都以车代步，她怀念可以漫步的日子。这也是为什么她会胖那么多，她几乎整天待在那栋房子里，已经好久没有走路了，她要驾车四十五分钟才能到最近的电影院，这并不是说他们就能看得起电影，只不过单从地理位置上进行佐证。他们没有交到任何朋友，事实上，在那里他们完全是孤立无援的，就只有她、她的孩子、她的丈夫和婆婆，当初在纽约她可是有数不清的朋友的。

"不管怎么说，那儿还是很美的。"我说。

"是呀，你真应该去那儿看看日落，"她淡漠地说，"或许有一天，你来拜访我们，还真的能看到日落呢。"

现在，我有点怀念医疗补助那个话题了。

右边的那对情侣的双手又握在了一起，实际上，是他紧紧地攥着她的双手，用力握住，轻抚着她的手背，说不定她正努力地想从他那儿抽出手来呢。

这时，我的电话振动起来，我妈妈来了条短信，远在"深山"的她竟还操着这份闲心。"你们俩玩得开心吗？""妈妈想知道我们俩玩得开不开心。"我跟格蕾塔说。"我们玩得正嗨呢。"格蕾塔说。"我应该告诉她我们在喝酒吗？"我问格蕾塔。"当然。"她不假思索地回答。"我们玩得很开心，现在正一块儿喝酒呢。"我给我妈回了短信。

"确保她赶得上回家的火车。"很快我妈妈便又发了一条短信过来,嘱咐道。

"你们在那边过得怎么样?"我问格蕾塔,"我是说,妈妈去了那边之后。"我又补充道。"我都不知道没有她我们要怎么办。"她说。我瞬间感觉到一种优雅而令人心碎的辛酸。"我们也不知道西格丽德还能活多长时间。"格蕾塔继续说道,似乎下了很大的决心才忍住不哭。"我懂你们的感受。"我为之动容,感同身受地难过起来。"你已经有好一阵子没见过她了,我不知道你还能不能记得她的样子。"她说。这次倒是没那么令人心碎,字里行间更多的是种责备。"我怎么可能忘记呢?"我说。

服务员取走了我们面前的餐盘,坐在左边的那个看报纸的男人,显然已经读完了报纸,将它放到了我们中间的座位上。他从他的西装内兜里取出了一支钢笔和一个小的笔记本,他打开那个笔记本,但仅仅是握着钢笔若有所思地在封面上轻点笔头,接着那眼神越发空洞,灵魂像被抽走了一般,机械地重复着手上的动作,复又好像想起了什么,疯狂地加快了点笔的速度。他就像座雕像一样,安坐在那里,只有点笔的动作还能对其脑袋里的思维透露一二,我一直没搞明白自己对他到底是种什么样的感觉,我本以为他是一个出类拔萃的精英，一个体面的上流人物，可是我认识的上流朋友们，没有人会这样不停地点笔。

"我现在仍旧心力交瘁，"她继续说道，"被我的生活折磨得精疲力竭，可你知道吗，至少现在我不再是个老板了，我真的很讨厌做老板。安德烈娅，你知道吗，当你手下管着一群人时，你绝不能表露出一丝负面情绪，而且你还要负责解决团队中每个人的问题。的确，有那么多才华横溢又心高气傲的女性为我工作，可你知道的，女人总有很多这样那样的问题。西格丽德出生以后，我工作的最后那一年，你哥哥他自己还像个孩子，我手下的员工们又都惶惶不安的，每个人都担心杂志会办不下去，除此之外，还有他们那堆乱七八糟的破事。可是我跟你说，现在这样，每天只需要忧心一个身患绝症的孩子和如何支付她高昂的医药费，真的是个烂透了的假期。"

我认真地听格蕾塔倾诉她的心声，不时点头，对她说的一切表示认同和理解，可这时，我右边的那对情侣已经演变成一幕刺激的惊险之旅了。他正握着一把黄油刀作势靠在手腕上（样子笨拙而可笑），她努力压低声音，激愤地说："动手啊！动手吧！"接着他的手重重地拍在桌子上，那声音很大，连杯子都被震动得晃了起来，还溅起了水花。后来，那个女人哭了起来，并没有很夸张，不是那种号嚎大哭，就只是发出痛苦的呜咽。坐在我左边的那位先生饶有兴趣地看着这一幕，眼睛一下子亮了起来，转过脸上下打量着这个女人，看她怎么摆平由她引起的这出闹剧。是不是每个女人都会惹这么多麻烦？

很明显，我这是遇上"团体女醉鬼"了。

她这个约会毫无意义，你刚刚还满怀爱意地轻抚着她的手，然后又在大庭广众之下把她弄哭，自己竟然还无动于衷，毫无怜爱之意，你这个浑蛋。我来爱你吧，我突然这样想。我站起身，挤到两张桌子之间，拍拍那个女人的肩膀，她抬起头惊诧地看着我，精致的妆容彻底哭花了，睫毛也从上眼睑冒了出来，原本明媚的双眼充满了密密麻麻的血丝。我以前也在公共场合痛哭过，就像这样，不过，我只在晚上哭过，而且还是在酒吧的一个阴暗的角落里。"你想跟我一起去趟洗手间吗？"我说。她点了点头。

我们穿过餐厅，我的手扶住她的后背，引导她轻轻地绕过桌子，路过前门和一个关心此事的女招待，路过一个墙壁上挂满了成排酒瓶的、漂亮的老式酒吧，下楼之后，终于到了女用休息室。只不过我们俩谁也没有尿意，我在休息室坐了下来，她在盥洗台处洗脸，用一条毛巾轻轻擦着脸上的残妆，然后重新涂了口红。她的丝绸裙子非常合身，重要的是，她的身材真的非常精致且性感，苗条的腰身，丰满挺翘的臀部，瘦削的肩膀，是一个看上去身材健硕却又不失曼妙性感的可人儿。

"我很好，亲爱的。"她说，"我知道看上去并非如此，他只是有些疯狂，没事的，正如他疯狂地痴迷于我、爱着我，这只是随之而来的我该承受的反噬。"她顺势抵靠在盥洗台边缘处，两腿交叉地站着，从她的手包里拿出了一支香烟。十几年来，在纽约，室内吸烟都是违法的。"你不能那么做。"我提醒她道。"我不能吗？"她不以为然地反问我，义无反顾地点燃了那支烟。我已经萌生了退意，显然我做了一个错误的选择，但我却不能走，因为她还有一个故事要讲。

她的名字叫多米尼克（Dominique），她来自亚特兰大，可她已经离开那里五年了，只是因为父母还住在那里（她仍叫他们"妈咪"和"爹地"，这并不讽刺，对她而言，那只是他们的名字），她还一直把亚特兰大当成家乡。纽约并非她的长久归属，不管上面的那个男人怎么说，"上面的那个男人"，指的是刚刚跟她大闹了一场的那个男人，而不是上帝，不过，她竟能看穿我的疑惑，洞悉我心中所想。她在他的咨询公司做暑期实习生，一个我可能还听说过的公司，她小声对我说。我跟她说我对咨询公司不甚了解，毕竟那不是我的工作范畴，她对我所言不以为意，因为她并不关心我的工作范畴。这个孩子，她本来应该要回家去她爸爸的公司上班的，而且只要她想，总有一天她会继承那家公司，但他不让她那么做，"他"是指楼上的那个男人。她已经来纽约两年了，她想陪他的时候，就留在他身边；想走的时候，也会毫不留情地弃他而去。他对她来说太老了，他从未见过她的父母。这不是他们第一次吵架，也不会是最后一次。"这就是噩梦啊。"我说。"你是这样认为的？"她说，"这段时间我一直觉得自己活在梦里。"她又点了一支香烟，此时，那个女招待走进了休息室，我也就顺势退出了。"你不能在这里抽烟。"女招待说。"我不能吗？"我听到身后的多米尼克说。

上楼之后，我快步走回了长条形软座那边，坐在我左边的那个男人已经走了，他的报纸还留在桌子上，而右边的那个男人正拿着手机发短信。格蕾塔拿着我们的账单，现在她又哭起来了。"我明白，别担心，"她说，"我来埋单，我要赶紧离开这里。"我从她手中夺过账单。"格蕾塔，不用，我不打算坐在这儿听你讲了一个小时自己破产的境况后，还要你来埋单。""天哪，真对不起，我现在一穷二白，"她说，"原谅我，毕竟我还要养活你的家人。""那不是我的家人。"我不假思索地脱口而出。"安德烈娅，那是。"她一字一顿地强调道，瞬间有种难挡的羞愧感涌上我的心头，以至于一阵眩晕袭来，我不得不把手放在桌子上稳住自己。

"现在，让我们两个都冷静一下。"我说。"好！"她爽快地赞同道，坐在我们右边的那个男人要帮我们埋单，我们俩不约而同地冲他吼道："滚开！"他识趣地起身走了。

"我正在跟你诉说我和我的问题，可你却拉着一个完全不相干的陌生人走了。"她有些怨愤地说。"对不起。"我说。"你可以不要再假装我们不存在吗？"她说。"是你们离开了纽约，抛下了我。"说到这里，我突然觉得委屈。"可我们没有选择。"她说。"我真的不知道你们需要我。"我喃喃地说。"安德烈娅，你认为我们过得都是些什么日子啊？你难道看不出发生什么事了吗？"她说，"我们正处于非常时期，"她悲愤地说，眼角已经渗出泪来，"我不能替戴维说话，因为他有一半的时间都沉浸在自己的世界里，但我总能替自己说话吧——这真的伤害了我的感情，一切，我们一起经历的这一切，你和我一起，可你现在却置身事外？""我打电话给你们了。"我无力地为自己辩驳。她冷哼了一声，说道："你打的那些电话的确给了我们不少安慰，可我们需要的肯定不止如此，我们需要你出现。"我说："行，我认同你说的，可我不觉得这样能起什么作用。""当然有用，"她说，"你对我们很重要，你对我很重要。"她握住我的双手，紧紧地攥着它们，眼睛里有太多饱满而丰富的情感，她迫使我接受它们，而我被那些寄托和期望重重压着，一时竟喘不过气来。

一个服务员端着盘子穿过房间的时候，托盘上的杯子不慎跌落，摔了个粉碎，一些肤浅的人竟鼓掌欢呼起来，我想他们一定是外地来的，真正的纽约人决不会为此拍手叫好。

后来，我叫了一辆优步（Uber）快车，把格蕾塔送到曼哈顿市中心的中央火车站，如果她乘坐地铁的话，可能会更快一些，但我有个想法：让她舒舒服服地半躺在汽车后座上休息一会儿，一个人好好想想，最后一次再好好看一看车窗外飞驰而过的城市景象，因为谁也不知道她下一次什么时候再回来？她临走时，又一次紧紧地抓住了我，重重地亲吻我的脸颊，告诉我她爱我，不管我愿不愿意，我都是她的妹妹。"那都不算什么问题，"我说，"我一直很爱你们，很爱你。""那就来过感恩节吧！"她顺势发出邀请，"你能来吗？"她打开车门，钻进了车里，给了我一个飞吻，嘱咐我：她走了以后不要忘了她。

每当我目睹了某人的真实境况后，总有几天时间坐立难安，心浮气躁地走来走去，就好像穿了一件特别紧身的毛衣一样，浑身不自在。对于格蕾塔，那件毛衣直接变成了潜水衣，我要花将近一周的时间，才能将她从我的生活里剥离出去。但是有一天早上，当我浑身赤裸地在我的公寓里醒来时，这里又一次只有我，她离开了，再也没有格蕾塔了，我想。再也没有身患绝症的孩子，没有我悲伤的哥哥，没有失败的母亲，他们在那里，而我在这里，我自由了。然后，我买了一张前往北方的火车票，去跟他们一起过感恩节，因为我非常想念他们，如果我不能马上再见他们，拥抱他们，跟他们说说话，有生之年我将永不得安宁。

女演员

　　我住的公寓大楼搬进来一个女演员，可我并不觉得她能住多久——她的名字从来没有被添加到蜂鸣器旁边的布告栏上——可她却在这里待了好长一段时间。她很出名，我一眼就认出她是我在银幕上见过的那个人，但还不够出名，因为我都记不起她的名字和她演过的电影的名字。不过，我的确清楚地记得那个画面：林肯广场，高一那年，我跟全家人一起看了那部电影，就在我爸爸因为海洛因吸食过量离世前的几个月。看电影的时候，他几乎全程是睡着的，他还打呼噜了，我妈妈轻轻地拍了拍他，他没反应，然后她又稍稍用力推了他一下，还是没有反应，后来又打他好几下，直到他醒过来。所以，我不大能够记得这位女演员的风采，也无法对她的才华做出评价，可我对我爸爸当时的表现记忆犹新，仅此而已。

她肤色浅黑，我想她应该有印度血统，不过似乎还有点法国血统。她比我大八岁，但看上去却比我年轻了好几岁。她的眼睛是蜂蜜色的，杏仁状的眼睛在阳光下显得格外闪亮，头发又黑又亮，长长的大波浪随意地缠在一起，但卷得很有型。通常，她夏天穿戴得很是随意，一条飘逸的长裙，一顶超大的草帽；秋天呢，她更钟爱超短机车夹克和紧身牛仔裤；冬天则是欧洲设计师的定做款羊毛长外套。不过，最讲究的还是鞋子，她总是穿各种高档的鞋子。

女演员住在公寓顶层其中一套新装修的公寓里，那房子有一个很大的阳台，视野十分开阔，可以从那里眺望东河和整座城市。房子的永久住户是她的情人，一个金发的德国男人，他有着厚厚的鬓角，英俊的脸庞轮廓分明，好看的肤色里似乎藏着数不清的故事。他们会在公共场合旁若无人地牵手，在电梯里，在人行道上，在离我们公寓比较近的咖啡厅里，但地铁站台上他们却很少牵手，因为那是他们各自查看手机的时间。

我对她近乎痴迷了，我承认"痴迷"这个词用得有点过分，可你觉得我用什么词比较合适呢？

　　我每天都会去收发室那儿看看有没有她的包裹，如果有的话，是从哪里寄来的，由此我注意到以下几点：她是一个购物狂，她买了很多东西，我都能想象得出，她在一个朋友开的精品女装店里买衣服，站在镜子前搔首弄姿地扭动腰肢，咯咯地笑，时不时地抿上一口香槟，但她也跟我们这些人一样：并不想买。

　　有时也会有从她的电影公司寄过来的包裹，我想她搬来这里之后，应该已经换过经纪公司了。

　　还有三个从洛杉矶寄过来的包裹，看上去像是一个孩子的手绘，里面画的全都是海边的风景，棕榈树。大海，所有深浅不一的蓝色都被用来给海浪着色了，包裹的收件人处她被称为"夫人"。

　　我关注了有她名字的谷歌快讯，经常造访她的影视资料库主页，还关注了她的推特（Twitter）。她的推特只有几千名粉丝，从内容上看也不是她本人运营的，应该有某个营销公司接手。她的推特上只是转发了她最新消息的链接，而且那些消息我都已经看过了，不过，我并没有因此取消关注，万一错过了什么重要的信息呢？

　　我还在街上跟踪过她几次，不过基本上都是偶然遇到的，至少刚开始是这样：我们刚好同时走出公寓大楼，最后又都走向同一个方向。但后来就不仅仅是跟她同行的那段路了，我开始有意跟踪她，一直跟着她上了地铁、大桥或是登上了渡轮，只是想看看她要去哪儿。有一次她去了果汁店，有几次是去咖啡馆，还有一次我觉得她应该只是在劲走锻炼，因为她一直不停地在走，看上去并没有目的地，那次跟踪甚至让我上班迟到了三十多分钟。

我的意思是，这要么是一种浅度的痴迷，要么就只是一种高度的感兴趣。

但是这个呢？我不经意地跟我的同事尼娜，就是那个二十六岁的女孩，说起那个女演员搬进了我们的公寓大楼的事，她八卦地问："她是不是挺老的？"对此我感到非常愤怒，不过并没有让她看出来，只是两天没有跟她说话，直到后来她可能也注意到了，我几乎没怎么回答过她的那些问题，她问我是不是在生她的气，我说："没有，你为什么会那么想？"午餐的时候，她给我递了一块饼干，我也就默默地原谅了她。

这是某种爱还是什么别的？

或者这个呢？通过研究她的包裹，我终于知道她那些光彩夺目的鞋子是从哪里买的了，然后我买了一双她的同款。但很显然我们买的是不同颜色的，她那双是棕色的，而我的是黑色的。那双鞋子非常贵，要掏钱付款的时候，我默默地吞了一大口口水，但我相信它会物有所值的，后来有几周我几乎天天都会穿它们。有时候，我只是出入公寓楼的时候才会穿上，去上班时就会换下来，所以我每天都会穿不一样的鞋子。这么做是希望有一天她也能穿上那双鞋子，然后我们刚好同时走进电梯——很明显，这一切需要不断探索时间的界限。但实际上它的确奏效了，在我买过这双鞋子之后的三周内，一个周五，她走进了电梯，我也跟着走了进去，穿着我们俩独有的同款漆皮休闲鞋。我上到第五层，而她则要上到第十一层，我指着我们的鞋子，故作轻松地对她说："看！"她随即低头看过来，我接着说道，"英雄所见略同啊！"她点了点头，然后好像想通了什么似的，又重重地点了点头，接着说："我差点就买下黑色的了，但我觉得我已经有太多黑色的鞋子了。"她歪着脑袋，我猜，她正在脑海里重现她的衣柜，然后笃定地补充道："是的，太多黑色的了。"很快，电梯就行到了我住的楼层，我走出了电梯，因为毕竟不能一路尾随她回家，那就真的太过分了。但我觉得我们应该不止只有一次对话的交情，完全还可以发生点别的，我的意思是：我们有同样的鞋子，不是吗？

这算某种迷恋吗？

如若不然，这样呢？下班后，我跟尼娜一起去看艺术展，不过我并没有待太久，因为那段日子很难平心静气地欣赏艺术品。有时候我还真的很不愿意去欣赏艺术，因为有太多滥竽充数的艺术品了，那些作品简直糟透了。我看得出来它只是一个谎言，那些艺术家在撒谎，我开始厌恶这些浪费我生命的艺术品和艺术家了。有的时候，我又很难再鼓足勇气去欣赏艺术，因为我看到的那些作品都太好了，足以让我从一整天的繁复生活中解放出来，但除非可以从中牟利，否则再好的艺术也一文不值，所以在我的价值观里，我是一个糟糕的画家。今晚，那些画作简直糟糕透了，我给自己倒了两杯酒，先喝了一杯，然后排队用卫生间的时候喝了另一杯。完事我就走了，甚至没有跟尼娜当面告别，只是在上地铁之前给她发了一条短信。我到家的时候，她才给我回短信，但短短的六个字足以让我语塞到怀疑人生："我比你先离开。"

当我走进公寓大楼的电梯时，突然听到一个温柔的男声，礼貌地对我说："请帮我开下门。"是那个德国人，我决定把他发展成我的朋友，就算那个女演员完全无意于我。那只是一个单纯的，稍微有点

212

重心不稳，但再普通不过的手势，我在心里默想，我只是想要表现得友善一点。他穿着一件斜纹棉布衬衫，袖口卷了起来，搭配着一条黑色牛仔裤，比起金色，他的发色更接近灰色。我这才意识到自己是在调查他，而不是她，他的脸庞，依旧那样英俊。我说"你好"，他也说"你好"，然后问我今天过得好吗？我说："在这座城市，总有出人意料的惊喜，左一下，右一下。"我假模假式地学拳击手的动作，向空中出拳，逗得他一阵大笑。

我问起了他的公寓，告诉他我在这栋大楼住了好长时间了，知道他们在顶楼公寓的装修上花了不少功夫，很好奇他是怎么找到那儿的。我没有解释自己是如何得知他住在顶楼的，他对此也没有提出疑问。我们是邻居，我见过他，他也见过我，我是那个"出人意料"的女孩：我们已经快成为朋友了。他问我愿不愿意去他们家做客，我说："随时恭候您的邀请。"他说："好呀，那为什么不现在上去看看呢？"我实在找不出拒绝的理由，除了我的冰箱、笔记本电脑和死一般的孤寂，家里也没什么别的等着我了。

我跟着他乘电梯去了顶楼，其间我一直在想：她会不会也在那儿？他打开前门的时候，我不禁屏住了呼吸，他们的公寓装修得华丽精致。这是一个富人的私人豪宅，一个有品位的富人能入眼的东西其实是少之又少的。他们的公寓里家具很少，但一切看上去很上档次，都是跟漆皮休闲鞋皮质一样的欧式家具。我仔细看了看他们家的地板和窗户，那大概就是为什么我会在那儿的原因，他家的地板上铺了一层瓷砖，窗户是崭新的，通往露台的移门大开着。卫生间里有一个浴缸，而我就只有一个年久破败的、涂了彩的小隔间而已。所有的家具都光泽温润，隐隐透着少见的富丽。"在这儿住开销特别大，但在这座城市生活，到哪儿不是贵得要死，不像在柏林。"他长长地叹了一口气。"可不是嘛！"我赞同地叹了口气（我从没去过柏林）。

"所以，"他话锋一转，继续说道，"你在这儿，我也在这儿，咱们下面该做点什么呢？""你什么意思？"我不明就里地问，他到底想做什么呀？"你要不要来杯酒或是喝点什么别的？"他说，"我们是邻居，咱们现在不是在互相了解嘛。"但我发现我压根儿就不想再多了解他一分，我只对她感兴趣，他连她的一根手指头都不如。可我还是跟他喝了一杯，只是出于礼貌而已，我们站在露台上，眺望着眼前的城市，他把手搭在我的腰间，都快滑到屁股上了，我忍住没发作，让他那只不安分的手在我的腰上放了一会儿，谁让那个死女人在电梯里那么不待见我的鞋子。

214

还是，这或许只是嫉妒?

几周后，下雨了，夏天的雨，猝不及防地来势汹汹，但没有一个理智的人会像这样把天气变化当回事。雨水如珠帘般飘下，打在我身上，我的头发被温柔的夏雨浸湿了，不由自主地卷曲着，皮肤也湿答答的，性感十足。我开心地穿梭在雨幕里，乐开了花，那天我赶工至深夜，虽然并不在乎那个项目的最后期限，但我还是把它完成了，做完收尾工作之后，感觉晕头巴脑的，我再也不用考虑那个项目了。也许，那也是我最后一次做那样的项目了，我想到了辞职，想象着自己的新生活，这场令人惊喜的夏雨，让我看到了自己可以拥有的截然不同的未来。

有一次，我意外怀孕了，我跟你们说过这件事情吗?其实那还算不上是一个孩子，它就存活了几周而已，几乎都还没有成形，只是一个概念，然后就没有了生命。我甚至都不知道自己怀孕了，也没法告诉你那个孩子的父亲是谁:那期间我跟三个男人都发生过关系，不知道是他们中的哪一个。我那时都快三十岁了，还过着荒唐可笑的日子，至少比现在更荒唐。当我回想起那个流产的孩子，偶尔还会泪流满面，但这并不是因为我想要一个孩子。我想到了那些复杂的问题，长期的或是短期的，甚至连孩子的父亲是谁都不知道，这可不是以前那种我想要努力搞定，就能搞定的数学题目。可我还是哭了，因为那本来是我可以选择的人生，却被我放弃了，我为我错过的选择哭泣，为我失去的信念哭泣。有时候我也会为曾经作为画家的自己哭泣，如果我一直坚持下去，我的人生又会变成什么样呢？我为自己失去的身份而哭泣，为我生命中曾经出现过的、所有擦肩而过的可能哭泣。

所以那天晚上我发了疯地在雨里奔跑，我有些晕乎，但却很快乐。我在雨水和泪水的混沌中想象着自己的另一种人生，一个我辞掉了工作，一步一个脚印，绞尽脑汁给自己的未来铺路，完全不一样的人生。我是否有必要闭关一年，出去旅行，直到找到那个勇敢无畏的自己，直到我不再逃避？我要搬到新汉普郡的那个小城镇去，跟我的家人住在一起，直到我那生病的侄女去世为止吗？我要去做志愿者，帮忙改变我们的星球吗？我要停下来自我反省，不再做一个自恋狂吗？我找到了上帝，上帝也选中我了吗？我要静静地坐着，感受地球的转动，呼吸每天早晨的新鲜空气，直到我能平静、快乐、专注，直到我终于能够接纳自己吗？

216

　　我回到公寓大楼的时候，那个女演员已经在那里了，她坐在公寓大楼前面的台阶上，手上捻着一根被口水沾湿的香烟，头发凌乱地铺满了她的整个肩头，眼部的妆容也糊成了黑黑的一团，像电影里失了贞的可怜女人，狼狈极了。她光着脚，脸上没有一丝笑容，看上去并没什么心情欣赏雨景，正在雨里瑟瑟发抖呢，我想或许不是因为她冷，而是她的心灵正备受蹂躏。

　　我跨上台阶，从她的身边走过，因为我们正在冷战，也因为她的羞耻感不是我能消费的，后来我想：这场战争只是臆想出来的，你只是感受到了完全相同的那种羞耻感而已。我转过身，重又走下台阶，来到她的面前，问她——是否安好。"我不知道，我们两个不是半斤八两吗？"她看着落汤鸡一样的我，哭笑不得地说，用手指在空中对自己说的话比了一个引号，我大笑。她真的很糟糕，她和她的德国男友都很糟糕，她是个糟糕的女演员，但她还是那么漂亮。我跟她说："我一直很想告诉你，你真的很棒！"你可能会觉得这么苍白的安慰，对于人到中年、历经沧桑的她来说，已经没有任何意义了。因为美貌只能带你走这么远，然后你也会像其他人一样在雨中哭泣，可即便如此它依旧是有意义的，依旧非常重要。她的外表使得她更有辨识度，她的脸那样光彩照人，她很高兴能够被人认出来，很高兴有那么多人喜欢她。能让她感觉好一点，我也深感欣慰。

所以那到底是什么呢？是浅浅的痴迷，还是高层次的感兴趣？是柏拉图式的爱情，还是嫉妒？或者那仅仅是人性？我对她表达的友善和关心，是想要跟这个女演员产生一丝牵系，让她觉得自己备受瞩目，觉得自己很知名吗？

我离开了她，走进公寓大楼的电梯，浑身湿答答的，正在往下滴水，感觉整个人都在融化，我突然发现，原来我也很希望被认出来，渴望某个人看到我。要是我打算重新搞艺术，会怎么样？如果我一直坚持画画，会怎么样？那是我爱的东西，那是我最怀念的东西。很长时间以来，我都坚信自己再也没有可能重拾画笔，可现在我才发现，没有什么是找不回来的，那都只是我的选择，我想，我还剩下那么多时间呢。

无处停歇

　　1988年的一天，我妈妈正在厨房里跟她最好的朋友贝齐打电话呢，而我在客厅里偷听。那年我十三岁，可我是个城里孩子呀，所以我想我已经长大成人了，有权利知道家里发生了什么事。

　　当然，她正在谈我的爸爸，他是一个爵士乐音乐人——会弹各种乐器，他真的很有才华——晚餐时间还要去兼职副主厨，他这些无法预料的行程似乎让我妈妈备受困扰。"我总不能一直盯着他吧？"她跟贝齐说，"可我还能怎么做呢？跟着他？"他最近一直进进出出的，忙碌得很。有一天，他本来是要送我去学校的，但我们立刻便发现，他前一天晚上压根儿就没回家，而我妈妈上班马上要迟到了，又气又急，眼泪都流下来了，她紧紧地抓住我的手，眼妆花得一塌糊涂，所有的一切都乱作一团。

"我一整天都要工作，"她说，"我妈妈在一个激进组织工作，她是一个组织者，但她唯一组织不了的就是我爸爸。""他爱去哪儿就去哪儿吧！"我哥哥筹办自己的乐队巡演去了，妈妈非常郁闷。除了我的艺术课，学校里也枯燥得犹如一潭死水，况且我也很担心我的爸爸，所以我决定，要亲自跟踪爸爸，一定要把这件事情弄清楚。

第二天早上，我起床之后，穿了一身黑，完全是一派秘密间谍的打扮。妈妈一脸不解地看着我，问我是不是心情不好，我说："没有啊，我只是觉得这样很酷！"吃完燕麦片之后，我把书收拾好放进书包里，然后背起书包就出门了。爸爸拉着我的手，送我去学校，我们小心翼翼地避开街道上成堆的垃圾。天气很冷，但是没有下雪，不过下周可能会下雪。他有些心不在焉，可依旧笑容满面地看着我，跟我拥抱道别，嘱咐我要做到最好的自己。我走进学校，在校门口徘徊，看着他离开。我们学校门口人来人往的，没有谁会注意到我，或者说，也没有谁会关心我什么时候又走出了学校，这样看上去并没有什么异常。这种感觉还蛮好的，我就跟在他身后盯着他，这是我这辈子做过的最刺激的事情了，这么做不合规矩，是非法的，我甚至还有可能因此惹上麻烦，可我喜欢这种感觉。

220

他戴着荧光橙色的太阳镜，那眼镜是他去年夏天在圣马可跟另外三副一起买的，一副给了我，一副给了我妈妈，还有一副给了我哥哥，我挑了一个粉红色的，妈妈选了紫色的那个，哥哥就拿了黑色的那个，因为他真的很酷。爸爸还戴着耳机，点了一支烟，优哉游哉地抽着，他现在正沉浸在自己的小世界里，他的一天直到晚餐时间才算开始。

我一直跟踪他到第 86 号街站台，他在一个街头小贩那里给自己买了一杯咖啡，我也立刻停了下来。地铁站台熙熙攘攘地挤满了人，对于一个正在跟踪自己父亲的女孩来说，这里真的是最好的藏身之处了。我们乘坐 C 号线列车去市中心，他不时轻轻点头，对自己会心地微笑，那是爸爸正幸福地沉浸在他的音乐里，这让我也觉得很开心，我喜欢这样看着他，不过还因为我觉得自己正在探知生活中的一个秘密，所以更喜欢这种感觉了。

他在西区第四站下了车，我也跟着下了，跟他拐进了一条小巷，看着他走向一栋联排别墅，按响了门铃，有人给他开门，他就进去了。我猫在别墅外面候着，从门口向里面窥视，确定他完全进屋之后，又继续往前走了几步，在拐角处躲了起来，约莫等了半个小时，他一直没有出来，我又继续等了半个小时。在这段时间里，我做了很长时间的心理斗争，一直在权衡利弊，犹豫要不要去按门铃：首先，我会因为逃课而惹上麻烦，或者，要是看到一些不想看到的事情，我也不能视而不见；但如果爸爸遇到了什么麻烦呢？要是我能帮到他呢？我才十三岁，思想方面又不太成熟，沉不住气，管不住好奇心，况且我觉得越来越冷了，又急着去卫生间，就跑到街对面，按响了门铃。

等了五分钟，没人来应门，我又按了一次，只听有人不耐烦地喊道："我的老天爷呀！"后来，终于有个男人狂躁不安地从门廊那边走了过来，穿着条纹真丝睡衣，外面还罩了一条浴巾。他看上去邋里邋遢的，脸色也很苍白，因为长相魁梧，看上去还有点胖，或者说块头大，反正就是那个意思，但这个男人身上却并没有多少肉：他好像饿得都快架不住自己了。但他的外貌的确还是很值得欣赏一番的，他有一头好看的肉桂色头发，而且他的眼睛是我见过最好看的绿眼睛，看上去像绿水晶一样漂亮。我被它们深深地吸引了，像着了魔似的盯着他，他也目不转睛地看着我，然后为了避开我身后亮白色的冬阳，他不得不转过脸去。"你有什么指教？"他不耐烦地说，"你是卖女童子军饼干或是别的东西的吗？"说到这里，他突然来了兴致，下意识地揉了揉自己的肚子，"其实，呃，我现在真的特别想

222

来点薄荷糖。"

　　接着，我好像辨别出了他的声音：他是我小时候看过的某个动画电影三部曲里的一个配角。他在里面扮演一只会说话的淘气猫，是那只会说话的英雄狗的好朋友，那是一个非常简单的故事：他们一起在世界各地探险。我并不是很熟悉这个演员的脸，也不是很熟悉他的声音，因为他的其他电影都是拍给成年人看的，虽然去年我在奥斯卡颁奖典礼上看到过他。那是跟家人一起看的，我们还准备了一大碗爆米花，那个晚上大家相处得都很融洽，爸爸的头脑十分清醒，妈妈对此也很满足。当主持人宣布这个男演员获奖时，爸爸甚至还兴奋地为人家鼓掌。我们都很惊讶地看向爸爸，然后他慢悠悠地回答道："怎么了？我喜欢那部电影啊！"现在，这个人就在这儿，活生生地站在我的面前。

　　"我来找我的爸爸，"我直截了当地表明了来意，故作成熟地压低了嗓音，说出了爸爸的名字，"他在这儿吗？我看他从这儿进去的。"

　　"哦，该死的！"那个演员说，"行，好吧，真是烦死了。"他向外探过脑袋，朝两边看了看，谨慎地说道，"好了，进来吧！低调一点，别让人注意到你。"

我走进了那栋别墅，周围的一切都是油亮的黑色木头装饰的。"不过，你要乖乖待在这儿！"他伸出的食指都快戳到我的脸了，像对一只狗发号施令似的，命令道，"不许动！"他沿着走廊向远处那个看上去像厨房的地方走去，然后一个左拐，从我的眼前消失了。

我面前有一个书架，上面摆满了那个演员的照片，以及他和别人的合影，其中有些人还很有名。有一张照片是他跟三个男人在一艘船上拍的，他们都被晒黑了，面前还放着一个装了香槟的冰桶。还有一张看上去颇有些年代的照片，是20世纪40年代前后的，那是一个年轻漂亮的卷发女郎，她表情很严肃，加上微微上翘的精致卷发，整个人散发着清冷的气质。他还保留着自己以前扮演的那只猫的毛绒玩具，不过那猫的眼角处有被烟头烧过的痕迹。我一直在犹豫要不要从他家顺走一些什么，这是我有生以来从未有过的想法，但世事难料，我感觉自己坚定的意志正在一点一点土崩瓦解，在要求自己强制执行现存的每一条法律的同时，我也做好了违法的准备。

这时，我听到另一个房间里传出了一阵碰撞声，好奇心解锁了叛逆和勇气，我想：我为什么要在这儿待着不动呢？就因为他不许我动，我就应该傻站在这儿吗？我不听命于任何人，我有自己的行事原则啊。于是我沿着走廊向前走，来到厨房，这个厨房起码有我家的两个大，一切看上去都是崭新的，厨具闪亮得像没用过似的。我循着男演员消失的方向，向左拐了进去，来到一间偏室，看到我爸爸正俯身摆弄着一盏被打碎的台灯。房间里有一台开得很大声的电视机，爵士乐的曲调从音响设备里传了出来，那是奥奈特·科尔曼（Ornette Coleman）的《自由爵士》。

我听得出是那张唱片，因为我爸爸曾经特意跟我讲过那张他最爱的唱片。他还是个小孩子的时候，就有那张原声碟了，那张封面内页上印有杰克逊·波洛克（Jackson Pollock）的《白光》的唱片。几个月前，我的美术老师联系了我的父母，跟他们说我真的很有天赋，他们应该鼓励我申请一所磁石艺术学校就读，后来他就让我听了那张唱片。"对于有些人来说，这张唱片简直完美，但也有人非常讨厌它，于我而言，这曲调就是天籁之音。"他对我说，后来他又带我去了现代艺术博物馆，亲自给我讲解了杰克逊·波洛克画的那张《白光》。他说："我们的世界是彼此交融的，安德烈娅。"我深深地爱着我的父亲。

我听到那个演员说："你知道吗，这真的毁了我在这里的好日子，伙计，我只是想要放松一下。"他们面前的矮茶几上，放着针头、橡胶管，还有一堆塑料袋，满眼看去到处都是毒品。看我似乎明白了些什么，他们不约而同地转过身去。

"亲爱的……"我爸爸说，他还在努力地修那盏破灯。"别管它了，管家明天就过来了，他能弄好的。"演员说，"你修好它没多大意义，我还是很讨厌它。""你在这里干什么？"爸爸这才顾得上我，转过身来问我。"我跟着你过来的。"我如实回答，"我很担心你。"这时，他们俩又不约而同地发出了一声长长的叹息——"呃……"——听上去很是不耐烦。

男演员的声音变得和善了些许："我们不想让事情变得更糟，毕竟，你是一个这么好的孩子，安德烈娅。"他竟然知道我的名字，这让我突然有一丝莫名的兴奋，"亚瑟，或许你们两个现在就走最好。""当然，"我爸爸说，"很抱歉把事情弄成了这样，兄弟。"男演员把我们送了出来，"我明天要去东海岸那边，一个多月以后回来，我会跟你保持联系的"。"好的，保持联系！"他们拥抱道别后，男演员轻拍我的头说道："跟踪调查别人可是不好的哦，但我还是很欣赏你的侦查能力的。"别墅的大门在我们的身后重重地关上了，所有的这一切前后不过两分钟时间。

"好吧，你……"爸爸摇摇晃晃地说，他那荧光橙色的眼镜也狼狈地从鼻梁上滑落了下来，"我们现在回学校去吧！"不过，当然是我领着他，因为他重心不稳，走起路来都跌跌撞撞的。走到拐角处的时候，他示意我们停一下，双手放在我的肩膀上，像是要说点什么似的，但其实他只是在休息。"喝点咖啡会不会好一点？"我问他。"也许吧！"他迷迷糊糊地回答，"不管怎么样，它能让我们暖和一点。"我们在西区第四大街的一个小摊贩那里买了咖啡，爸爸费力地从他的口袋里掏出零钱付账，我们喝咖啡的口味相同，清淡甘甜的口感。"我记不大清楚了，你们这个年纪的孩子，喝咖啡是不是对身体不好啊？"他说，声音拖拖拉拉的，"它会阻碍你的成长吗？""一杯咖啡还喝不死我。"我淡漠地对他说。

那杯咖啡总算起了点作用，虽然没能让他彻底清醒过来，毕竟一杯咖啡可没那么大威力，但至少现在他的步伐快了不少。我们在站台处等开向住宅区的列车，他迫不及待地想把他知道的一切都告诉我，我爸爸又有心得要分享了，我相信他所说的一切，因为他看上去很急切，好像要说很重要的话，他坚信：他是我的爸爸，所以他说的一切必须真实不虚。

"他们会跟你说，安德烈娅，他们会告诉你：你会长大，会有一份工作，会跟某个人坠入爱河，跟某个人步入婚姻殿堂，你们可能还要买一个房子，会有自己的孩子，只有完成了这一切，你才算得上是一个合格的成年人。你想要在这样的世界里吗？这就是你要做的，就是这样，这就是路途。"

我们终于登上了返程的列车，乘车高峰时间过去了，我们找到了座位，转过身面对面坐着。他掉了几颗牙，所以那儿一直有漏缝，为了防止重蹈他的覆辙，我妈妈每天晚上都让我们刷牙，用牙线清理牙缝。

"但还是有很多事情是不能这么笼统概括的，好比说，你能预先知道自己会跟不止一个人坠入爱河吗？我敢说，那些男孩子会为你疯狂的。"他顺手拢起了我的头发，把它们服帖地放在我的肩膀上，继续说道，"也有可能你根本就不会爱上任何人，你可以不爱任何人，那样也很好，即使生命是孤独的，如果你了无牵挂的话，应该还会好过些。但是，你绝对不能做那些不该做的事，绝对不能。"

我若有所悟地点点头，可我对爱根本一无所知，爸爸、妈妈和哥哥，那就是爱，朋友之间的友谊也是爱。爱，我真的对它一无所知。

"还有，你知道吗，几乎所有的工作都纯粹是地狱。你知道吗，如果你想成为一个艺术家的话，那么这些规则对你就都不好使！你知道吗，做一个成年人其实很容易——他们那种成年人——如果你选择一种自由的方式生活。比如，要是你是一个男人，你生活在西方世界或者说你是一个白人，或者说你很富有，所有这些都能让你的生活更轻松。所有的机会都摆在那里，唾手可得，如果你想得到它们，你就能得到，就能成为你想成为的那种人。但如果你不是白人，或者你是个女人，或者说你是个穷鬼，抑或你在一些可怕的地方生活，那你就会被命运蹂躏，被生活踩在脚下。这就是为什么我爱你的母亲，安德烈娅，因为她一直在为创造公平的竞争环境而抗争。"

他提起了我的妈妈，我们之间那层朦朦胧胧的隔阂瞬间云开雾散，真相就是那样，除了这次对话和这趟地铁，我们家所处的现实世界的确存在。

"也有可能，我刚刚跟你说的那些都完全不可靠，就好像那该死的生活——请原谅我粗俗的表达——随时会在你的面前分崩离析，比如你的孩子，你的工作，你的爱情，所有你好不容易构筑起来的这一切，都有可能因为一次突如其来的意外瞬间崩塌。如果你誓死守护的某个东西，从你的生命中彻底消失了，你要怎么办？你要如何把剩下的部分重新整合，如何从长计议？"

地铁在两站之间的地下轨道间突然停了下来，灯光闪烁，继而又逐渐变暗，他紧紧握着我的手，告诉我不会有事的，我们没事。

"别提那些能够让你为之振奋的、隐秘而特殊的欲望要怎么办了，快乐更是想都不能想，从来没有人愿意提起快乐，为什么我们越是想要好的感觉，就越会让自己觉得难过呢？"

灯光亮了起来，地铁又重新运作了。"最糟糕的是，要是你压根儿就不知道自己喜欢什么该怎么办？如果没有什么能让你在苦难的生活中坚持下去，该怎么办？那你就要花上半辈子的时间去琢磨以后该做什么，接下来会发生什么？"

86号大街，他送我去上学，在前台给我签字，不停地责怪自己，惹得那个秘书一阵发笑，他总能游刃有余地把生活中的一切处理得这么漂亮。

他吻了我，跟我告别，"今天发生的一切，一丁点也不能透露给你妈妈，知道吗？"他温柔地说，没错，我这一辈子都没有再说过这件事，可那又有什么意义呢？

那天晚上他就回家了，第二天也在家，一直那样安安分分地过了几周后，他又走了。有天晚上我妈妈生气地咒骂他，在我面前说了他很多非常尖刻和残忍的话，我忍不住哭了起来。"我喜欢爸爸！"我哭着说。"大家都喜欢你爸爸，"见此情形，她意外地呆住了，继而像泄了气的气球一样，无力地说，"可他是个瘾君子，吸毒成性。""我知道。"我说。她蹲下来，跪在我的身边，紧紧抱着我，但不是为了安慰我，而是为了安慰她自己。

六个月后，那个演员因为毒品吸食过量死了。那一年我们观看奥斯卡颁奖典礼的时候，只在悼念环节看到那个演员的脸从屏幕上一闪而过。爸爸坐在我身旁的沙发上无声地哭泣着，妈妈不明就里地问："究竟怎么了，亚瑟？"他佯装淡定地说："我真的很喜欢他的作品。"从那天起，爸爸开始努力地戒毒，他想要恢复正常的生活，那是我见过的他这辈子第三次尝试改变。他正常去上班，去开会，但很快他的努力又败下阵来，这一次毒瘾很顽固，他和毒品已经撇不清关系了，他死在了我们家的客厅里，在他的躺椅上，死前还悠闲自得地听着他的唱片。在我的脑海里，他听的应该是《自由爵士》，但我妈妈在我回家之前就把那音乐关了，所以我永远也不会知道他最后听的是什么，而现在，再要问起来似乎也已经太晚了。

在爸爸的葬礼上，妈妈坐在那里抱着哥哥和我，悲伤地啜泣着："现在我要怎么办呀？"她很伤心，也很疲惫，但至少一切都已经结束了，我能感觉到她已经屈服了，因为我听出了她声音里的那种如释重负。她是不是也一直在等待这一刻呢？至少她已经有了那样的打算，她那时已经做好了准备，不管接下来发生什么，都是顺理成章的事情了。

团结一心

　　新上市了一本书。一本关于死亡和濒死体验，以及如何应对失去一个身患先天性绝症的孩子的书。这是一本回忆录，是从母亲的视角写的，这是再过一百万年我也不会去读的书，因为它听起来非常令人沮丧，尽管它跟我和我的家人密切相关。

　　我妈妈给我寄了一本，还留了字条："你应该读读这本书，我们家的每个人都应该读读看，它对我们大家都会有所帮助。我不是在跟你说教，不是在教你如何处理自己的生活，但我觉得这可能有助于你了解我们到底在经历怎样的事情。感恩节见！"

　　我读了那本书，真的有种毁灭性的压抑感。我是坐在公寓大楼的洗衣房里看的，一边等着洗衣机的烘干流程结束，一边不时用手背揉擦自己的眼睛，至少有三章内容看得我忍不住泪流满面。我为这位母亲和她的孩子，还有他们身边所有爱着他们的人哭泣，也为我自己的家人哭泣，为永远消失在我生命中的那些人哭泣：我的爸爸、我的朋友、我的爱人，还有我生命中那些永远不可能再回归的岁月。这是一个非凡而令人震撼的死亡时刻，这本书，上帝保佑这本书！

　　我自己在脸书墙上摘录了这本书的其中一小段，还配了一张我侄女的照片，我想让人们好好想一想她的处境。这让我觉得很恶心，并且过于私人化，但我就是没有忍住，这是我能接触社会、接触人群的一种方式，是我在此时此刻对阵这种无力的状况所能选择的最不会感到孤独的方式，我没有注意过类似的帖子，但我知道一定也少不了。

　　我的同事尼娜看我午餐时间坐在我们的格子间阅读这本书，随口说道："你看上去很颓败。"我一本正经地回道："是的。"她笑了起来，想要说些什么，我敢肯定那一定会非常幽默风趣，但突然有什么东西影响了她，我想那可能是一团智慧的云彩，这无意间暴露了她的年纪和自以为是。但也许现在是时候改变一下了，她突然发觉自己说错了话，赶忙打住，说道："你还好吧？"对我来说，这可能是平生第一次。

我打电话给格蕾塔，想跟她谈谈这本书，但我的哥哥接起了电话。不知何故，我们都尽量避免谈到它。然后他把电话递给了他的妻子，我们几乎立刻就说起了那书，那本以死亡为核心的书。我不禁抱怨道："我的老天哪，看完那本书后我可能永远也振作不起来了。"她平静地安慰我说："努力地活下去吧！"

我跟一个网上认识的男人出去约会，他有一双波澜不惊的蓝眼睛，是一个吸烟者，即使是坐着的时候，他的腿也不见消停，一直抖来抖去。他是从事信息技术工作的，我问他有没有读过这本书，他毫不客气地反问道："我为什么要读那本书？"我说："我不知道，只是觉得我该问一下，我正在努力地寻找能跟我谈谈它的人。"这不是他的错，他只是不想谈那本书。

我打电话给那个六个月前跟我解了约的心理咨询师，简单地寒暄了几句，以化解这段时间失联的尴尬，为接下来的面谈做铺垫。我拿着那本书坐在她的沙发上，她说："安德烈娅，我很高兴你终于开始解决这个问题了。"虽然她说得完全正确，我早就应该处理它了，读这本书也的确是一个非常不错的选择，但她的语气里有种趾高气扬的自以为是，这倒提醒了我为什么当初一定要解除这段关系，所以说，今年我做了两个重大而英明的决定。

　　我约了我最好的朋友英迪格，出来喝杯咖啡。一见到她，我就跟她说起了这本书，她倒是不怎么意外，也没显得多不以为然，轻描淡写地说道："那本书啊，我知道，妈妈们都会读它，要是你觉得再也没法安睡到天明了，那肯定是让这本书给闹的。"妈妈们，我想，她现在已经在那个行列里了，有时候我会忘了这件事情。自从她跟她的前夫离婚后，我们俩就经常单独泡在一起，她妈妈非常乐意帮她照顾孩子。她继续说道："我曾经看过一个采访，是专访那本书的作者的，我还把我的一套瑜伽练习资料送给了那家人，我把我最好的祝福寄给了他们。家里有个健康阳光的宝宝，真的很难理解作者的处境，也不是很能读得进去，你会因为你们没有遭遇那样的问题而感到愧疚。"愧疚，这也是我能觉察到的感受。"不过，你想我读读看吗？"她问我，"这某种程度上会对你有所帮助吗？"她双手交叉握在一起，摆出祈祷的姿势，"我是说，你的人生旅程。"我伸出手揽过她的肩膀，抱住了她，跟她说我爱她，永远不要再对我用"旅程"这个词。

　　就在我以为自己已经从这本书中获得解脱，慢慢恢复时，我妈妈给我打来了电话："现在过来。别等感恩节了，现在就过来。"

我向老板申请了一周的事假，这样已经持续了很长一段时间了，休假、早退、早上宿醉迟到……我跟他解释说，我五岁的侄女已经被拔掉了喂养管，很快他们还要移除她的呼吸管，我也懒得问他有没有读过那本书。

"我很抱歉听到这个不幸的消息，"他面无表情地说，"你最近还真是经历了不少人生变故，生死循环啊！"

"是啊。"我淡淡地说。

"嗯，听着，"他一本正经地说道，仿佛在宣读一个判决，"你想不想谈一谈，回到纽约后，准备去哪里工作？"

"不怎么想，"我老实说道，"但随您高兴！"我才不在乎呢，好，很好，结束了。

我去佩恩车站买了一张前往达特茅斯的火车票，然后又给自己买了一盒甜甜圈：三个巧克力糖衣的，三个巧克力糖衣上还撒了些糖屑的，三个草莓糖衣的，三个原味的。它们都还热着，上了火车之后，我吃掉了三个，别问我还记不记得吃的是哪三个，因为我几乎完全是囫囵吞下的，并没有仔细品尝。到达新汉普郡的时候，我又吃了三个，看到妈妈在火车站外等着，站在她的车旁边，我说："我给你买了些东西。"我打开装甜甜圈的盒子，她甚至看都没看一眼，就拿起一块吃掉了。

我和妈妈驾车前往新汉普郡的深处，上次见她还是去年，在我的四十岁生日派对上，还有那个夏天她来纽约参加最好的朋友的葬礼上，可那都已经是很久以前的事了。我们开车时，大多数时间都很安静，不过她有点咳嗽，咳嗽的声音有些奇怪，所以我们的沉默会不时地被这种声音打断。我想问她，既然这个孩子再也不需要她的照顾了，她还会不会回到纽约，但这么问似乎有些唐突。

一个小时之后，我们的车停在了他们家的小别墅前，正当我准备打开车门下车时，妈妈把手放在我的膝盖上，让我稍等一下："等等，我觉得有必要跟你说一些事情。"我预感到事情的严重性，反问她："里面的情况很糟糕，对吗？"她说："是的，那么说也没错，但我想让你了解的是，西格丽德现在衰弱得很快。临终关怀护士今天上午来这儿了，她认为西格丽德可能只剩下一天的生命了，我们能跟她相处的时间不多了，所以准备好跟她告别吧。你来这儿是为了跟他们一起共渡难关的，但你来这儿更是为了她，因为从今以后，你就再也见不到她了。"

"我想先和戴维谈一谈，"我说，"就简单谈一谈，不会太久。"我的哥哥，我曾一度觉得我们已经失去了对方，现在一根极其细微的丝线又重新将我们联系在了一起。一个沉闷的声音接起了电话，旋即又把它递给了他的妻子，如果眯起眼睛，我想我能看到我们全家人身上都笼罩着沉寂如死灰的阴气。

我走过快要坍塌的砖墙下的大红门，房间里光线很暗，到处摆满了点燃的蜡烛，那儿有一个圆形的客厅，格蕾塔坐在中间，正抱着她的女儿。这个小女孩并没有长大多少，我吻了她，也吻了格蕾塔，拨开她脸上乱蓬蓬的头发。五年前没生这个孩子的她，还是个光鲜靓丽、时尚文雅的杂志女编辑，在目睹了自己最爱的人被无力抗拒的疾病耗尽生命后，她整个人像被抽干了精魄，眼神空洞，颓废邋遢地向命运屈服，早已没有了当年的芳华。我努力想要找到她从前的影子，她的机车夹克和法式细跟高跟鞋，还有她那种永远活泼、令人振奋的自信，而现在我只看到了一个穿着瑜伽服心碎不已的主妇。

我拥抱了我哥哥，他的头发全掉光了，满脸大胡子似乎很久没有打理过了，看上去没精打采而又精疲力竭。我挽着他的胳膊，跟他一起穿过厨房，来到后院，来到那个藏着他的梦想，藏着他那些录音设备和乐器的小棚屋，一时不知道该说点什么。有一次，我们一起去了朋克地下城（CBGB），那时候他的第一支乐队还没红起来，那会儿我们还没有成年，顽劣成性，肆意放纵，不知天高地厚。我们看到了音速青年（20世纪80年代纵横美国乐坛的摇滚乐队），不过那时候他们还不叫这个名字，用着一个完全不同的名字——醉蝶。他们一般都压轴出场，比如凌晨三点钟会上台表演，等到那个时候，我们都已经困顿不堪了，但还是很激动地拍打着彼此，直到他们最终登台，进行为时一小时的回馈表演。他们一上台就点燃了全场观众的热情，我当然也不例外，大口抽着大麻，酣畅淋漓地喝光了我哥哥所有的啤酒，不知不觉就晕头转向了。我感觉自己向右迈出了两步，朝着之前没注意过的一个房间走去，我很高兴终于走到了那里。是他扶着我走到那个房间的，这个人就在我的前面，这个疲倦而忧伤的男人。

"我很高兴你来了。"说着，他按下了音响上的按钮，一些美妙而陌生的吉他旋律开始在这个房间里蔓延开来。"我就是为了你们才来的，"我说，"如果你需要，我就一直在这儿陪着你，要是你想一个人静一静，我会默默地走开，你想怎么样都行。"

我哥哥三十年前就已经戒掉了大麻，现在他又重新提到了这个。"我实在是无力抗拒当下的一切，所以又开始抽了。"他说。"那是种什么样的感觉？"我平静地问。"天哪！糟透了！"他抱怨道。"不管怎么说，一切很快就要尘埃落定了，你这种心如刀绞的心情也快结束了，不是吗？"我说。他无奈地摇了摇头，"那也解决不了任何问题。"

他说。沉思片刻后，他指着扬声器对我说，"这是为她准备的，你觉得怎么样？"一段缓慢而忧伤的旋律飘进了我的耳朵，他的歌声分层铺在不同的音轨上，像一曲挽歌合唱齐齐扎进我的心里。"我想她会喜欢的。"我说。我们默契地不再说话，直到那首歌播放完。"这是我整张唱片里的精髓。"他说。我突然对我哥哥的音乐才华感到羡慕和敬畏，还有他那种能够轻松自如地切换到创造性自我的能力。但他就是那样，他获得了家族最好的传承，得到了我们的父亲最好的一部分基因。

"听着，安德烈娅，最重要的是，我很高兴你能来这儿，能来见她最后一面，跟她做最后的告别。"他说，"我们一直在跟她告别，我的意思是，我们该做的都做了，我们已经完成了告别。但她也是你的一部分，我知道你从来都没有看到过这一点，但我们大家都看得到，重要的是，你明白她是你的家人。"

"我知道，"我说，"所以我来了，我爱她。"虽然这是我第一次说那些话，可我想应该是时候跟她说了。

我走进屋子，穿过厨房向里屋走去，厨台上还放着装甜甜圈的空盒子，回到客厅时，格蕾塔伤心欲绝地站在那儿，将怀里的孩子抱过来给我。妈妈从厨房探出头来，大声问我是否想要点什么，"你们这里有酒吗？"我说。"没有。"我妈妈回答道。我看向格蕾塔，她摇了摇头。"这现在是一所无比肃穆的房子吗？"我问。"我想至少现在是这样。"格蕾塔说。"我觉得不该这样。"我有气无力地说。可我想就当下的情况而言，这也没什么不对的，正如我哥哥说的，这一刻转瞬即逝，并将永远不复存在，我怀里的这个孩子也将永远地离开这个世界。

我抱着西格丽德在一把椅子上坐了下来，她的发色很黑，软软的，服帖地卷曲在小耳朵后面。她看上去很瘦，我托着她柔软的小身体，觉得一阵心疼，小家伙的骨架脆弱得仿佛稍稍用力就会被捏碎，她的关节呈角状，好像被上帝削尖了的工艺品，一把锋利的细剑。她安静地呼吸着，我弯下腰，在她的头上轻轻落下一吻，紧紧地把她抱在怀里，不禁闭上双眼，想道：你我血脉相连，你的血管里流着跟我一样的血，你这个漂亮的小女孩，好啦！晚安，再见！然后我挺直腰背坐直，把她的小手紧紧握在手心里。

格蕾塔绝望地蜷缩在沙发里，搭了条毛毯盖住自己失去活力的身体，现在，她的长发铺得到处都是，那蓬松而浓密的头发怪异地扩张着，仿佛全身的悲伤都沿着发丝流淌了出来。布满灰尘的深棕色天鹅绒窗帘静静地挂在她的身后，阳光照了进来，空气中跳动着的微尘渐渐汇聚成了神秘的光柱，让人恍惚穿越到了某个被时光遗忘的古堡。或许有一天，我再想起这一幕，还会忍不住把它画下来，我跟自己保证。我一定要清楚地记得她现在的模样，万一我永远不会再造访这所房子，我会画下她。我问她现在怎么样，有没有好好照顾自己，现在是不是还清醒着，能否挺过这一关。我想到她，也想到了我哥哥，他们的婚姻能否战胜这些不幸，反正不是现在我能问的。关于他们为什么会做出这个决定，格蕾塔跟我透露了一点，西格丽德最近的健康状况日趋恶化，他们跟一个医生谈过，又跟另一个医生进行了谈话，然后她说："实际上，这已经不重要了，这个故事结束了。"她痛苦地摇了摇头，看得出来她已经是心力交瘁了，精神上和身体上都到了崩溃的边缘，即使是最简单的动作，她都做得相当吃力。她似乎花了好长时间在组织下面的句子，但最后只是简单地说了句："我会想你的，安德烈娅，如果将来我再也没有机会跟你聊天的话。""不要那么说，"我说，"我们以后会经常聊天的。"她什么也没说，只给了我一个苍白的笑容。

哥哥穿过门廊走了进来，我一边抱着这个孩子，一边看着他们俩，格蕾塔看着我抱她的女儿，放肆地痛哭起来。他则在房间的另一头，倚在通向书房的小门上，腰背痛苦地微拱着，他的胡子浓密而杂乱，看上去已经好久没有打理过了，自暴自弃地旁逸斜出着。团结一心，抱着他们即将死去的孩子，我的脑海中突然浮现出这个词汇，现在是你们团结一心、共渡难关的时候了，不能再各自奔离了。那就是这么些年来我一直想要的亲缘关系，或者说是我以为我应该想要的关系，如果我真的决定要爱的话，那是一个我最有可能得到的东西。当他们彻底崩溃的时候，可能甚至都无法忍受彼此的拥抱，团结一心，放过你们自己吧，我想跟他们说。这不是任何人的错，也不是任何人的失败，反倒是你们的成功，是你们让她活了那么长时间，是你们做了这最后的一件事，结束了她多年的痛苦。这个未知的小生物，安静地躺在我的臂弯里，虚弱地呼吸着，一列小火车终于要开进站了。我绝没有那样的魄力做出这件事情，我敬佩你们，不要放弃彼此。但是，时间像静止了似的，他们俩谁也没有动，我想：我要数十下，当我数完十个数之后，你们俩中的某一个人一定会向另一个靠过来，那样我就知道你们一定能够携手走出这段痛苦的人生。我下意识地抱紧了怀里这个生病的孩子，握住了她的小手，那双柔嫩而娇小的手已经渐渐失去了温度，我开始数数……

（全文完）

图书在版编目（CIP）数据

无处停歇 /（美）杰米·阿滕贝格（Jami Attenberg）著 ; 祖颖译 .
— 长沙 : 湖南文艺出版社，2018.4
书名原文：ALL GROWN UP
ISBN 978-7-5404-8508-5

Ⅰ . ①无… Ⅱ . ①杰… ②祖… Ⅲ . ①长篇小说—美国—现代 Ⅳ . ① I712.45

中国版本图书馆 CIP 数据核字（2018）第 004820 号

著作权合同登记号：图字 18-2017-240

上架建议：畅销·外国文学

ALL GROWN UP by Jami Attenberg
Copyright © 2017 by Jami Attenberg
This edition Published in agreement with Sterling Lord Literistic, through The Grayhawk Agency Ltd.

WUCHU TINGXIE
无处停歇

著　　者：	[美]杰米·阿滕贝格
译　　者：	祖　颖
出 版 人：	曾赛丰
责任编辑：	薛　健　　刘诗哲
监　　制：	蔡明菲　　邢越超
策划编辑：	马冬冬　　刘宁远
特约编辑：	李乐娟
版权支持：	辛　艳
营销支持：	李　群　　张锦涵
版式设计：	李　洁
封面设计：	棱角视觉
出版发行：	湖南文艺出版社
	（长沙市雨花区东二环一段 508 号　邮编：410014）
网　　址：	www.hnwy.net
印　　刷：	北京盛通印刷股份有限公司
经　　销：	新华书店
开　　本：	880mm×1230mm　1/32
字　　数：	138 千字
印　　张：	7.75
版　　次：	2018 年 4 月第 1 版
印　　次：	2018 年 4 月第 1 次印刷
书　　号：	ISBN 978-7-5404-8508-5
定　　价：	45.00 元

若有质量问题，请致电质量监督电话：010-59096394
团购电话：010-59320018